우리가
보낸
순간

KB191596

■ 일러두기

이 책은 한국문학예술위원회의 〈문학집배원 김연수의 문장배달〉을 바탕으로
작가가 새롭게 엮은 것이다.

우리가 보낸 순간

날마다 읽고 쓴다는 것 · 소설

김연수

마음산책

우리가
보낸
순간

날마다 읽고 쓴다는 것 • 소설

1판 1쇄 발행 2010년 12월 20일
1판 13쇄 발행 2022년 5월 20일

지은이 | 김연수
펴낸이 | 정은숙
펴낸곳 | 마음산책

등록 | 2000년 7월 28일(제2000-000237호)
주소 | (우 04043) 서울시 마포구 잔다리로3안길 20
전화 | 대표 362-1452 편집 362-1451 팩스 | 362-1455
홈페이지 | www.maumsan.com
블로그 | blog.naver.com/maumsanchaek
트위터 | twitter.com/maumsanchaek
페이스북 | facebook.com/maumsan
인스타그램 | instagram.com/maumsanchaek
전자우편 | maum@maumsan.com

ISBN 978-89-6090-090-5 03810

* 책값은 뒤표지에 있습니다.

날마다 우리가 쓰는 글은
우리가 듣는 말이며
우리가 읽는 책이며
우리가 하는 생각이다.

2 지극히 평범한 외로움

3 빵집의 고독한 열흘

글을 쓰는 동안
우리는 자신에게 말하고,
그건 생각으로 들리고,
눈으로 읽힌다.

1

연애하는 사람들의 생산성

"왜 내려가지 않나요?"

"왜 내려가지 않나요?" 블랙 씨가 물었다. "전 여기가 더 편해요." "어떻게 여기가 더 편할 수 있어요?" "설명하기 어렵군요." "여기 생활은 어떻게 시작하게 됐나요?" "제 남편은 방문 판매를 하는 영업사원이었답니다." "그런데요?" "오래전 얘기지요. 그이는 항상 이것저것을 팔러 다녔어요. 그이는 변화무쌍한 삶을 좋아했지요. 또 항상 멋지고 기발한 아이디어를 내곤 했어요. 너하고도 약간 닮았단다." 루스는 나에게 말했다. 그 말에 부츠가 또 무거워졌다. 왜 사람들은 나를 그냥 나로 봐주지 않는 것일까? "하루는 그이가 군수 용품 상점에서 스포트라이트를 찾아냈지요. 전쟁이 막 끝난 참이라 마음만 먹으면 뭐든지 찾아낼 수 있었던 때였어요. 그이는 그것을 자기가 끌고 돌아다니는 고물 자동차의 배터리에 연결해서 고정시켰죠. 그러고는 저한테 엠파이어스테이트 빌딩 전망대로 올라가라고 말했어요. 자기가 뉴욕을 돌아다니면서 가끔씩 내가 자기 위치를 알 수 있도록 하늘로 빛을 쏴서 나를 비추겠다고 하더군요."

"정말로 보였어요?" "낮에는 안 보였지요. 완전히 깜깜해져야 볼 수 있었어요. 하지만 일단 빛이 보이면, 정말 놀라웠어요. 그이의 불빛만 빼고 뉴욕의 모든 불빛이 다 꺼진 것 같았죠. 그 정도로 눈에 확 띄었어요." 나는 그녀에게 과장하는 게 아니냐고 물었다. 그녀가 대꾸했다. "그렇게 생각하는 것도 무리는 아니지." 블랙 씨가 말했다. "부인 말씀이 있는 그대로의 사실일 겁니다."

"첫날 밤이 기억나요. 여기 올라와 있는데 다들 눈에 보이는 것들을 가리키며 전망을 굽어보고 있었죠. 볼만한 구경거리가 너무나 많았어요. 하지만 거꾸로 자기를 가리키는 무언가가 있는 사람은 저 하나뿐이었죠." "무언가가 아니라 누군가이겠죠." 내가 끼어들었다. "그래, 사람이었지. 난 여왕이 된 기분이었어. 우습지 않니? 바보 같지?" 나는 고개를 가로저었다. "정말 여왕이 된 기분이었다니까. 불빛이 꺼지면, 그의 하루가 끝났다는 것을 알았어. 그러면 내려가서 집에서 그이를 만나곤 했지. 그이가 죽었을 때, 난 다시 여기로 왔어. 바보 같지." "아니에요. 그렇지 않아요." 내가 말했다. "그이를 찾고 있었던 건 아니야. 난 소녀가 아니거든. 하지만 대낮에 그의 불빛을 찾던 때와 똑같은 기분이 들었단다. 내 눈에만 보이지 않을 뿐이지, 불빛이 저기 있을 것만 같았어." 블랙 씨가 루스에게 한 걸음 다가섰다.

"도저히 집에 갈 수가 없었어." 그녀가 말했다. 나는 알고 싶지 않은 것을 알게 될까 봐 두려우면서도 어째서 그랬냐고 물었다.

"그이가 집에 없다는 것을 알고 있었으니까." 블랙 씨가 그녀에게 고맙다고 말했지만, 아직 그녀의 이야기는 끝난 것이 아니었다.

『엄청나게 시끄럽고 믿을 수 없게 가까운』 351~352쪽
조너선 사프란 포어, 송은주 옮김, 민음사, 2008

며칠 전에 막 아이를 낳은 친구 부부를 만나러 양평에 다녀왔어요. 태어난 지 한 달도 지나지 않은 아이는 우리가 있는 내내 실컷 잠만 자다가 떠날 때쯤에야 겨우 깨어나더니 눈을 한쪽만 뜨고는 엄마를 바라보더라구요. 엄마 얼굴. 그게 우리 모두가 태어나서 처음으로 본 사람의 얼굴이겠죠. 사랑이 어떻게 생겼는지 그려보라고 한다면 저는 엄마 얼굴을 그리겠습니다. 태어나서 엄마 얼굴을 보지 못했다면, 우리는 아름답다는 게 무슨 뜻인지도 모르고 살았을 거예요. 아름답다는 말은 결국 '근사近似하다'는 말. 내가 아는 뭔가와 닮았다는 말. 그래서 거기 아무리 많은 불빛들이 반짝인다고 해도 그중에 무엇이 아름다운 불빛인지 우리는 금방 알아낼 수 있어요. 지금 누군가에게 첫눈에 반했다고 말하는 청년이 있다면, 그는 이미 오래전부터 그 사람을 사랑해왔다고 고백하는 셈이에요. 아름다운, 그러니까 아는 것처럼 보이는 사람과 우리는 사랑에 빠지는 것이니까요.

먼저 정신이 든 것은 여자였다

먼저 정신이 든 것은 여자였다. 남자는 잠을 자듯 등받이에 기대 있었다. 여자나 남자나 피가 흐르는 곳은 없었다. 차 여기저기에 날고기가 달라붙어 있었다. 충돌할 때 가슴에 품고 있던 봉지에서 튀어나온 것이었다. 여자는 말간 빛을 잃은 날고기를 몸에서 떼어냈다. 외상은 없는 것 같았다. 몸이 묵직했기 때문에 어딘가 틀림없이 부러졌을 거라고 생각했다. 다행히 몸을 움직이는 데는 무리가 없었다. 가드레일을 들이박은 차는 범퍼가 형편없이 찌그러져 있었다.

(중략)

잠시 후 남자가 깨어났다. 뼈가 부러졌을까 봐 천천히 다리를 움직여 차 밖으로 나왔다. 그는 우그러진 범퍼를 확인하자마자 얼굴도 모르는 운전자를 욕했다. 번호판을 봐뒀다고 큰소리치기도 했다. 그렇더라도 별수 없다는 건 그가 더 잘 알았다. 남자는 찌그러진 범퍼를 절망적으로 쳐다보다가 견인차를 불렀다. 여자는 견인차에 이끌려 찌그러진 차를 타고 남자와 함께 도시로 돌아가고 싶지 않았다. 여기가 어디인지는 알 수 없었다. 톨게이트가 보이기는 하지만 W시인지 아닌지도 몰랐다. 여자는 무턱대고 가드레일을 넘었다. 가드레일 옆으로는 평야가 펼쳐져 있었다. 추수를 끝낸 논에는 짚단이 이불처럼 덮여 있었다. 어딜 가는 거냐고 짜증 내는 남자 목소리가 들렸다. 여자는 무슨 말인가 하려다가 입을 다물고 논으로 내려섰다. 초겨울 새벽의 흙길은 딱딱했다. 여자는 계속 앞으로 나아가면서 가끔 뒤를 돌아봤다. 그가 새벽의 안개와 국도변의 어둠 속에 숨긴 것은 뭐였을까? 여자가 큰 소리로 남자를 불렀다. 남자는 들리지 않는지 쳐다보지 않았다. 여자는 제자리에 멈추어 선 채 계속 손을 흔들었다. 남자가 한참 만에야 여자를 봤다. 아까 우리가 죽인 게 뭐였어? 남자는 들리지 않는 다는 듯이 귀에 손을 가져다 댔다. 어디선가 개가 짖었다. 가까운 곳에 마을이 있는 모양이었다. 여자는 보이지 않는 마을을 향해 계속 걸어 들어갔다. 길은 딱딱했고 파동이 느껴지지 않는 바람은 찼다.

꼬박 한 시간쯤 걷다 돌아와보니 남자의 차는 보이지 않았다. 이미 견인차를 타고 떠난 모양이었다. 차가 보이지 않고 나서야 여자는 자신의 스웨터와 가방이 남자의 차에 있다는 걸 깨달았다. 남자가 들이박은 가드레일 옆에는 대형 마트의 이름이 새겨진 봉지만 덜렁 놓여 있었다. 토사물이 담긴 봉지였다. 여자는 봉지를 손에 들었다. 나머지 손은 오리털 잠바 주머니에 찔러넣었다.

여자는 멈추어 선 채로 허공에 매달린 이정표를 읽었다. 모두 처음 보는 지명이었다. 이정표는 언젠가 도착할 도시의 이름을 알려줄 뿐, 여기가 어딘지에 대해서는 함구하고 있었다. 여자는 천천히 갓길을 따라 걸었다. 저 앞에 W시로 들어가는 톨게이트가 보였다.

「소풍」, 『사육장 쪽으로』 32~34쪽
편혜영, 문학동네, 2007

아주 오래전에, 그러니까 이십 년 전쯤에 한 여자애를 사랑하다가 그만 끝이 나버린 적이 있었습니다. 정말 옛날의 일이죠. 사랑이 끝나니까 온몸과 마음이 휘청거리더군요. 한동안은 두문불출, 방에만 틀어박혀 있었습니다. 처음에는 잘못한 일들만 생각이 났어요. 좀 더 잘해줄걸, 그런 생각들. 그렇게 며칠이 흘러가고 나서도 또 잘못한 일들만 생각이 났어요. 이번에는 그 여자애와 관계없이 살아오면서 사람들에게 잘못한 일들 말이죠. 그건 정말 이상한 일이었어요. 그렇게 해서 한심한 일이지만, 있을 때 다들 잘해주자는 결론에 이르렀죠. 실연의 고통으로 괴로워하다가 내리는 결론치고는 너무 홍익인간적이랄까. 살아가다 보면 우리도 이렇게 물을 때가 생겨요. 아까 우리가 죽인 게 뭐였어? 때로 우리가 죽인 건 두려움을 모르고 어둠 속을 함께 달려가던 과거의 우리일 수도 있겠죠. 그런 날들은 모두 지나갔다는 걸 인정하게 되기까지는 그렇게 많은 시간이 필요했네요.

한번은 그가 학교 앞에 오지 않았다

한번은 그가 학교 앞에 오지 않았다. 운전기사 혼자 검은 승용차 안에 앉아 있었다. 그 기사는 작은 주인님이 아버지가 편찮으셔서 사덱에 갔다고 나에게 말해주었다. 그리고 운전기사인 자기는 사이공에 남아서 나를 학교에도 데려다 주고 기숙사에도 데려다 주라는 분부를 받았다고 했다. 그 작은 주인님은 며칠 후 돌아왔다. 여전히 검은 승용차 뒤편에 앉아 시선을 피하기 위해 불안한 얼굴을 돌리고 있었다. 우리는 아무 말 없이 서로를 끌어안았다. 바로 거기서, 학교 앞이라는 것도 잊은 채 키스를 했다. 키스를 하면서 그는 울었다. 아버지는 아직도 더 오래 사실 것 같아. 그의 마지막 희망이 사라져가고 있었다. 결국 그는 아버지에게 애원했다. 계속 그녀를 품에 안을 수 있도록 허락해주세요. 아버지도 이런 걸 이해하시겠지요. 오랜 세월을 살아오는 동안 아버지 역시, 적어도 한 번쯤은 저처럼 이런 열정에 사로잡힌 경험이 있으실 테지요. 저로서도 어쩔 도리가 없어요. 그는 아버지에게 빌었다. 그러니 저의 이런 열정을, 이런 광기를, 백인 소녀에 대한 이런 미칠 듯한 사랑을 가질 기회를 단 한 번만 허락해주세요. 그는 아버지에게 요구했다. 그녀를 프랑스로 돌려보내기 전에 그녀를 사랑할 시간을 주세요. 1년만 더, 더 그녀를 사랑할 수 있게 해주세요. 전

아직 이 사랑을 버릴 수가 없습니다. 이 사랑은 아직도, 처음 사랑을 시작할 때만큼이나 새롭고 또 강렬해요. 지금 그녀에게서 멀어진다는 건 저에게 너무나 끔찍한 일입니다. 아버지가 잘 아시다시피, 저에게 이런 일은 다시는 생기지 않을 것입니다.

아버지는, 차라리 네가 죽는 걸 보는 편이 낫다고 거듭 그에게 말했다.

우리는 항아리에 담긴 차가운 물로 함께 목욕했다. 우리는 서로를 껴안고 울었다. 사랑은 아직도 죽고 싶을 만큼 열렬했고, 그것은 이젠 위로할 길 없는 희열이었다. 그래서 나는 그에게 말했다. 아무것도 후회할 건 없다고 말하며 그가 했던 말을 생각나게 해주었다. 나는 그에게 아무 데라도 떠나버려야겠다고, 내가 어떻게 처신해야 할지 모르겠다고 말했다. 그는 아무래도 상관없다고 말했다. 이젠 모든 것이 힘겹다고 말했다. 그때 나는 그의 아버지와 같은 생각이고, 더 이상 그와 함께 있지 않겠다고 말했다. 그 이유는 말하지 않았다.

『연인』 99~100쪽
마르그리트 뒤라스, 김인환 옮김, 민음사, 2007

동물에 대한 글을 쓴 시튼이 제일 먼저 키운 건 새끼 까마귀였지요. 새끼 까마귀를 얻어 와서는 들은 대로 30분 간격으로 먹이를 줬어요. 다음 날 아침에도 학교 가기 전까지 빼먹지 않고 계속. 그리고 학교에 다녀왔더니 그 새끼 까마귀는 죽어 있었답니다. 물론 어린 시튼은 대성통곡을 했지요. 새끼 까마귀는 어미가 주는 먹이를 계속 먹어야만 살아갈 수 있다는 걸 시튼은 그때 처음 배운 것입니다. 유사 이래 사랑하는 사람들에게 시간이 충분했던 적은 한 번도 없었던 것 같습니다. 사랑은 3D 업종이에요. 30분에 한 번씩 먹이를 주는 일과 같아요. 사랑하듯이 우리가 공부하거나 일했다면 세상이 얼마나 달라졌을까요? 만약 사랑하는 게 죽을 만큼 힘들다면, 그건 제대로 사랑하고 있다는 증거입니다. 아무리 힘들어도 죽는 일은 없을 테니까 걱정하지 마세요. 대부분 노인으로 죽지, 연인으로 죽진 않으니까. 차라리 나중에 후회하면서 눈물 쏟지 말고 30분에 한 번씩 먹이를 주는 게 좋을 겁니다.

어디선가 여우가 우는 저녁이었어

어디선가 여우가 우는 저녁이었어.

"아랫집 원숭이 말인데."

꽁치에 칼집을 내서 구우며 G는 말했어.

"어떻게 됐을까."

"왜요."

"아니, 요즘 통 보이지 않아서. 그 후로 어떻게 됐을까, 하고."

"죽지 않았을까."

"죽기도 하나."

"가망이 없다고요, 그렇게 작아져서는."

그런가, 하고 G는 생각하는 거였어. (그러면 눈꺼풀은?)

그날 밤 G는 꽁치구이와 술을 탁자에 두고, 곡도와 나눠먹으며 말했어.

"병아리 얘기는 어때?"

"들어나 보죠."

"음, 병아리가 있었어. 봄에 학교 앞에서 파는 백 원짜리 병아리. 이 병아리가 죽었어. 뭣 때문에 죽었더라. 하여튼 죽었으니까, 마당 구석에 있던 화단에 무덤을 만들어주었어. 꽃삽으로 동그란 구멍을 판 다음, 거즈로 둘둘 말아서 묻은 거야. 많이 울었지만,

무덤을 만들어주었으니까, 춥지는 않을 거라고 생각했지. 다음날 아침에 일어나서 마당으로 나갔더니 창 밑의 수챗구멍 근처에 기묘한 것이 있었어. 내가 묻은 병아리였어. 전날 화단에 묻을 때까지만 해도 멀쩡했던 솜털이 모조리 벗겨져서, 분홍색이었어. 등도 분홍, 머리도 분홍, 배도 분홍. 벌거벗은 죽은 병아리. 새로운 거즈로 말아서 다시 무덤을 만들어주었지만, 이튿날 아침이 되고 보니 또 벌거벗은 채로 내 방 창 밑에 와 있었어. 밤새 누가 무덤을 파내고 거기까지 옮겨놨는지는 몰라도, 아무튼 끈질긴 녀석이었지. 이걸 나흘이나 반복했으니까. 닷새째 아침에, 수챗구멍 근처에서 나는 다시 병아리를 발견했고, 발로 그걸 슬쩍 밀어서 수챗구멍 속으로 넣어버렸어. 그러면 더는 그걸 보지 않아도 된다고 생각한 거였겠지. 그런데 구멍이 좁아서, 걸려버린 거야. 입구로부터 오 센티미터쯤 아래쪽에서. 그로부터 한 달, 매일 아침 수챗구멍 곁에 서서 조금씩 가라앉는 병아리를 내려다보았어. 시간이 지날수록 줄어들고 썩어가면서, 병아리는 아주 조금씩, 아래쪽을 향해 가라앉는 거였어. ……음."

"끝인가요?"

"아니, 뭐. 일단은 여기까지."

"흐음."

어쩌면 이번에도 재미없다면서 질주를 시작할지도 모른다고 G는 생각했지만, 곡도는 웬일로 생각에 잠겨 있었어.

「곡도와 살고 있다」, 『일곱시 삼십이분 코끼리열차』 180~182쪽
황정은, 문학동네, 2008

사랑하다가 서로 헤어지면 그냥 헤어지는 게 아니라 그건 네가 죽었다고 생각하는 거야. 그런 말들을 서슴없이 내뱉던 시절이 언제였는지. 그건 너만 알던 내가 이 세상에서 사라지는 것이니까. 또 나만 알던 너도 이 세상에서 사라지는 것이니까. 우린 서로의 세상에서 완전히 사라지는 거야. 우리가 서로 사랑할 때, 우리는 이 세상에 한 번도 존재하지 않았던 인간들이었으니까. 그런데 살다 보면 이런 목소리가 들릴 때가 있어요. 어디선가. 내 마음속 어디선가. "끝인가요?" 그래서 끝이 났나요? 완전히 끝난 거 맞나요? 아, 인생은 때로 너무 끔찍해요. 그럼에도 지금 우린 너무 잘 살고 있잖아요. 민망하고 황당하지만, 능청스럽게 둘러대기로 해요. "아니, 뭐. 일단은 여기까지." 어쨌든 계속 살아야 하니까, 일단은 여기까지.

나는 거의 아무도 눈에 띄지 않을 것 같은

　나는 거의 아무도 눈에 띄지 않을 것 같은 희미한 회색 색연필을 쥐고는 동그란 원들이 얽혀 있는 패턴이 인쇄된 방바닥을 칠하고 있었다. 내가 원과 삼각형, 사각형을 그린 그림을 내밀었을 때 할머니가 나를 바라보던 눈빛이 생각난다. 나와 가장 가까운 사람. 할머니가 유심히 들여다보고 있던 그림을 도로 집어 맨 처음에 그린 원 하나만 남기곤 그 옆에 있던 세모와 네모를 지우개로 쓱쓱 지웠다. 그리고 처음에 그렸던 동그라미 옆에 나란히 제각각 크기가 다른 세 개의 원을 더 그렸다. 두 번째 원은 노란색 크레파스로 칠했고 세 번째 원은 마블 느낌이 나도록 초록색과 보라색을 뒤섞어 칠했다. 마지막 원에는 중간에 둥근 띠를 그렸다. 그리고 나는 할머니에게 말했다. 자, 봐 할머니. 나를 지구라고 치자. 나는 맨 처음에 연필로 그린 원을 손가락으로 가리켰다. 이게 나야. 그 옆에 이 노란색은 화성이겠지. 그 옆은 목성일 테고, 그 옆에 띠를 두른 건 토성. 지구랑 가장 가깝게 붙어 있는 이 노란색 화성이 바로 할머니야. 나는 모처럼 내 생각을 제대로 표현한 것 같아 약간 우쭐해지기까지 했다. ……화성 안으로 눈물 한 방울이 툭 떨어졌다. 지금은, 우는 할머니도 볼 수가 없다. 나는 플리니의 방바닥에 그려져 있는 여러 개의 원을 색칠했다. 떠나는데 아무것도 줄 게 없어서 동그라미 하나를 유독 진하게 색칠하고는 너는 나의 토성이야 소냐, 라고 혼잣말을 했다. 그럴싸하게 띠를 그려넣는 것도 잊지 않았다. 슬그머니 자리에서 일어나 거실로 나왔다. 나의 책. 아직 씌어지진 않았지만 이렇게 읊조릴 때마다 안도가 되는 것을 느낀다. 내가 만약 아무것도 쓰지 않는다면 내 인생은 그냥 빈 종이로만 남을 것이다. 이제 원하는 게 생겼으니 늦어도 내일은 집으로 돌아가야겠다. 나는 나의 지난여름과 할머니와 소냐, 그리고 버지니아 울프에게 작별 인사를 할 요량으로 창밖을 향해 목을 길게 빼곤 아우우, 아우우, 짐짓 구슬피 우는 시늉을 해본다.

「버지니아 울프를 만났다」, 『풍선을 샀어』 145~146쪽
조경란, 문학과지성사, 2008

지구의 옆에는 화성이 있고, 금요일의 옆에는 토요일이 있고, 편의점에 갔더니 레종의 옆에는 던힐이 있더군요. 공원에 갔더니 메타세쿼이아의 옆에는 느티나무가 있고, 책꽂이를 보니 시집 『사무원』의 옆에는 과학책 『여섯 개의 수』가 있고, 창밖을 보니 바람의 가장 가까운 곳에는 흔들리는 나뭇잎이…… 아마도 살아가면서 우리가 들을 수 있는 가장 놀라운 찬사는 "내 옆에는 네가 있어"라는 말이 아닐까요. 방바닥에 태양계의 그림을 그리든, 공원을 걸어가면서 나무들의 이름을 하나하나 소리 내어 말하든, 그게 아니라면 지금 창밖에서 흔들리는 나뭇잎을 가리키든, 어떤 식으로든 "마찬가지로 지금 내 옆에는 네가 있어"라고 말할 기회를 절대로 놓치지 마세요. 그게 "내가 레종이라면 너는 그 옆에 진열된 던힐이야"처럼 웃긴 말이라고 하더라도. 그러니까 우는 할머니마저도 볼 수 없게 되기 전에.

가스통은 눈을 감고 말이 없었다

가스통은 눈을 감고 말이 없었다. 마치 수도사가 고독하게 기도하는 듯한 모습이었다. 다시 눈을 떴을 때는 여느 때의 익살스런 말상에 지금껏 기구치가 본 적이 없는 진지한 표정이 나타났다.

"쓰카다 씨, 사람 고기를 먹은 건 쓰카다 씨만이 아니에요."

기구치도 쓰카다의 아내도 망연자실한 채 가스통의 입에서 흘러나오는 떠듬거리는 일본어를 듣고 있었다.

"쓰카다 씨, 사 년인가 오 년 옛날에 비행기가 부서져서 안데스 산에 떨어진 뉴스, 알고 있어요? 비행기는 산에 부딪혀서 다친 사람 많이 나왔습니다. 안데스 산, 추워요. 구조가 올 때까지 육 일 만에, 먹을 게 없어졌습니다."

기구치는 떠올렸다. 분명 사오 년 전, 안데스 산속에서 아르헨티나 비행기가 조난당한 뉴스를 신문이나 텔레비전으로 본 기억이 있다. 사진에는 물에 비친 그림자처럼 흐릿한 비행기 동체로 보이는 배경에, 수색대와 생존한 남녀의 모습이 찍혀 있었다.

"그 비행기에 한 남자, 타고 있었습니다. 쓰카다 씨처럼 술을 아주 좋아해서, 비행기 안에서도 취해서 쿨쿨 잠만 잤습니다. 안데스 산에서 비행기 고장 났을 때, 그 술주정뱅이는 허리와 가슴을 부딪혀 심하게 다쳤습니다."

떠듬거리는 가스통의 이야기를 요약하면 다음과 같다.

그는 사흘 동안 간병해준 살아남은 남녀에게 이렇게 말했다 한다.

"이젠 여러분이 먹을 게 없겠군. 난 이제 죽을 거니까, 죽은 내 몸을 다 같이 먹어주게. 먹기 싫더라도 먹어주게나. 구조대는 틀림 없이 올 거야."

(중략)

"이 사람들, 살아서 안데스에서 돌아왔을 때, 모두 기뻐했습니다. 죽은 사람의 가족도 기뻐했습니다. 사람 고기를 먹었다고 화내는 이는 없었습니다. 술꾼 남자의 아내도 이렇게 말했습니다. 그이는 난생처음 좋은 일을 했어요, 하고. 그가 살던 동네 사람들은 그때까지 그에 대해 나쁜 말을 했지만, 이제는 무어라 하지 않습니다. 그가 천국에 갔다고 믿고 있습니다."

『깊은 강』 153~154쪽
엔도 슈사쿠, 유숙자 옮김, 민음사, 2007

그러지 말고, 가능하면 편애하려고 노력합시다. 모든 걸 미적지근하게 좋아하느니 차라리 편애하고, 차라리 편애하는 것들을 하나둘 늘려가도록 합시다. 편애한다는 건 자신이 좋아하는 상대를 무조건 지지하는 일이에요. 다들 콩꺼풀을 준비하세요. 좋아하는 사람을 좋아하고, 싫어하는 사람을 싫어합시다. 우리가 이 세상의 판관도 아닌데, 공연히 공정해지려고 반대로 행하지 맙시다. 여기 태평양전쟁에서 살아남기 위해 동료의 살을 먹은 남자 있어요. 가족도, 친구도 그를 이해하지 못해서 그의 인생은 완전히 엉망이 됐습니다. 그런 그가 평생 듣고 싶었던 말은 이 말이었어요. "쓰카다 씨, 사람 고기를 먹은 건 쓰카다 씨만이 아니에요." 살다 보면 우리도 가끔 쓰카다 씨와 같은 처지가 됩니다. 그때 우리에게 가장 절실한 위로는 그게 너 혼자만이 아니라고 말하는 그 음성 자체랍니다.

"난 내가 보고 싶어서 온 줄로 생각했었어."

"난 내가 보고 싶어서 온 줄로 생각했었어."

나는 힘없이 미소 지었다. 그녀의 얼굴이 난처함으로 발갛게 달아오르는 걸 바라보았다.

"농담이야." 거짓말을 했다. "사실은 네가 아직 보지 못한 이 도시의 얼굴을 보여주려는 약속 때문이었어. 적어도 이렇게 되면 네가 어디를 가든지 나를 기억할, 아니면 바르셀로나를 기억할 모티프 하나를 갖게 될 테니까."

베아는 좀 슬프게 미소 지었고 내 시선을 피했다.

"이제 막 극장에 가려는 참이었어, 알겠어? 오늘 너를 안 보려고 말야." 그녀가 말했다.

"왜?"

베아는 말없이 나를 주시했다. 그녀는 어깨를 움츠리고 시선을 들었다. 마치 공중으로 달아나버리는 단어들을 사냥하겠다는 듯이.

"어쩜 네 말이 맞을지도 모를까 봐, 그게 두려워서."

그녀가 결국 이렇게 말했다. 나는 한숨을 쉬었다. 낯선 이들을 연결해주는 낙심의 침묵과 석양이 우리를 보호해주고 있었다. 나는 용기를 내서 뭐든지 말해야 된다고 느꼈다. 비록 그것이 마지막이 될지라도.

"그를 사랑해? 아니면, 아냐?"

그녀는 입술 끝에서 흩어져버리는 미소를 내게 선사했다.

"네가 알 바가 아냐."

"그렇지." 내가 말했다. "그건 단지 네 일이지."

그녀의 시선이 싸늘해졌다.

"그런데 너하고 무슨 상관인데?"

"네가 알 바가 아냐."

내가 말했다. 그녀는 웃지 않았다. 입술이 바르르 떨리고 있었다.

"나를 아는 사람들은 내가 파블로를 소중하게 생각하는 걸 알아. 우리 식구들과……."

"하지만 난 거의 남이야." 내가 끼어들었다. "그래서 너한테서 그 말을 듣고 싶어."

"무슨 말을?"

"진정으로 그를 좋아한다는 말. 집을 떠나기 위해, 아니면 바르셀로나와 네 가족들에게서 멀리 떠나 아무도 너를 아프게 하지 않을 곳으로 가기 위해 그와 결혼하는 게 아니라는 말. 너는 떠나가는 거지 도망치는 것이 아니라는 말."

그녀의 두 눈이 분노에 찬 눈물로 반짝였다.

"너는 내게 그런 말 할 자격이 없어, 다니엘. 넌 나를 몰라."

"내가 잘못 알고 있다고 말해봐. 그럼 가줄게. 그를 사랑해?"

우리는 아무 말 없이 긴 시간 동안 서로를 바라보았다.

"모르겠어." 그녀가 결국 중얼거렸다. "모르겠어."

"언젠가 누가 그랬어. 누군가를 사랑하는지 생각해보기 위해 가던 길을 멈춰 섰다면, 그땐 이미 그 사람을 더 이상 사랑하지 않는 거라고."

『바람의 그림자 1』 280~282쪽
카를로스 루이스 사폰, 정동섭 옮김, 문학과지성사, 2005

넌 나만 봐야 돼. 나중에는 이런저런 것들 볼 게 많겠지만, 어쨌든 지금은 나만. 뭐, 그런 식의 대사를 제가 좀 좋아하는 편이죠. 언젠가 친구의 아들이 유치원에서 좋아하는 여자애의 얼굴을 두 손으로 잡고는 자기만 보라고 말했다고 하더군요. 정말 골칫덩어리네. 아무 생각이 없군. 그렇게 말할 수도 있을 것 같긴 한데, 하지만 아무 생각이 없으니까 세상 사람들은 가끔씩 다른 누군가를 위해서 인생을 바칠 결심을 하는 게 아닐까요? 우리가 이만큼이라도 살 수 있게 된 건 그렇게 아무 생각이 없었던 사람들 덕분일 겁니다. 좋다는 느낌이 들면 그냥 아무 생각 없이. 나중에는 이런저런 것들 생각할 게 많아질 테니까, 어쨌든 지금은 그냥, 원하는 것만을 원하기로.

할머니가 우리에게 말했다

할머니가 우리에게 말했다.

—개자식들!

사람들은 우리에게 말했다.

—마녀의 새끼들! 망할 자식들!

또 다른 사람들은 말했다.

—멍청이들! 부랑배들! 조무래기들! 고집불통들! 더러운 놈들! 돼지새끼들! 깡패! 썩어문드러질 놈들! 고얀 놈들! 악독한 놈들! 살인자의 종자들!

우리는 이런 말을 들을 때마다, 얼굴이 새빨개지고, 귀가 윙윙거리고, 눈이 따갑고, 무릎이 후들거린다.

우리는 더 이상 얼굴을 붉히거나 떨고 싶지 않았다. 우리에게 상처를 주는 이런 모욕적인 말들에 익숙해지고 싶었다.

우리는 부엌 식탁 앞에 마주 앉아서 서로의 눈을 똑바로 쳐다보며 이런 말들을 되는대로 지껄여댔다. 점점 심한 말을.

하나가 말한다.

—더러운 놈! 똥 같은 놈!

다른 하나가 말한다.

—얼간이! 추잡한 놈!

우리는 더 이상 할 말이 생각나지 않고 귀에 들리지도 않게 될 때까지 계속했다.

우리는 매일 30분씩 이런 식으로 훈련을 하고 나서 거리로 바람을 쐬러 나간다.

우리는 사람들이 우리에게 욕을 하도록 행동하고는, 우리가 정말 끄떡없는지를 확인했다.

그러나 옛날에 듣던 말들이 생각났다.

엄마는 우리에게 말했다.

—귀여운 것들! 내 사랑! 내 행복! 금쪽같은 내 새끼들!

우리는 이런 말들을 떠올릴 적마다 눈에 눈물이 고인다.

이런 말들은 잊어야 한다. 이제 아무도 이런 말을 해주지 않을 뿐만 아니라, 그 시절의 추억은 우리가 간직하기에 너무 힘겨운 것이기 때문이다.

그래서 우리는 우리의 정신훈련을 다른 방법으로 다시 시작했다.

우리는 말했다.

—귀여운 것들! 내 사랑! 난 너희를 사랑해.……난 영원히 너희를 떠나지 않을 거야.……난 너희만 사랑할 거야.……영원

히. ……너희가 내 인생의 전부야. ……

반복하다 보니 이런 말들도 차츰 그 의미를 잃고 그것들이 가져다주던 고통도 줄어들었다.

『존재의 세 가지 거짓말 (상)』 23~25쪽
아고타 크리스토프, 용경식 옮김, 까치, 1993

원칙적으로 고통은 기억되지 않죠. 그래서 인생은 계속 이어지는 것이죠. 엄마들은 둘째를 낳고, 저는 다음 소설을 또 쓰기 시작하죠. 그런 점에서 보자면 사람들이 흔히 고통이라고 부르는 것들은 그 순간 견딜 수 있느냐 없느냐의 문제일 뿐이에요. 우린 다 존엄하게 태어났으니 그런 고통 따위는 가볍게 웃으며 견디기로 해요. 우리 인생보다 더 오래가는 고통이란 존재하지 않으니까요. 하지만 문제는 우리가 사랑했던 순간의, 또 행복했던 순간의 기억은 영원히 우리 안에 남는다는 점이죠. 그런 까닭에 때로는 그게 훨씬 더 고통스럽기도 해요. 이 말이 이해되지 않는다면, 제가 좀 슬프겠죠. 그건 당신에게 사랑의 경험이 없다는 소리일 테니까.

버나드가 말했다

버나드가 말했다. "어머니가 돌아가신 후에 형이 어머니 유품 중에서 발견했어요. 근사한 사진이죠? 저 남자는 누군지 모르겠어요. 어머니는 물건을 많이 챙겨 오지 못했어요. 부모님과 누이들의 사진 두어 장이 전부죠. 물론 어머니는 다시는 못 볼 줄 몰랐기 때문에 많이 가져오지 않은 거죠. 그래도 이건 전혀 못 보던 건데 형이 어머니의 아파트 서랍에서 처음 찾아냈어요. 편지가 여럿 들어 있는 봉투 안에 같이 있었죠. 모두 이디시 말이었어요. 형은 슬로님에서 어머니가 사랑했던 사람이 보낸 편지일 거라고 추측했지만, 내 생각은 달라요. 어머니는 한 번도 누구에 대해 언급한 적이 없거든요. 지금 내가 무슨 말을 하는지 전혀 모르시겠죠?"

("카메라가 있다면 매일 네 사진을 찍을 거야. 그러면 너의 인생에서 네가 매일 어떻게 보이는지 기억할 수 있잖아." "나는 늘 똑같은데." "아니, 달라. 넌 늘 변하고 있어. 매일 조금씩. 할 수 있다면 그걸 모두 기록하고 싶어." "네가 그렇게 잘 안다니 말인데, 오늘은 내가 어떻게 달라졌는데?" "너는 0.001밀리미터 정도 키가 더 컸어. 머리도 0.001밀리미터 정도 더 커졌어. 그리고 네 가슴은……." "아니야!" "아니, 맞아." "아니야." "맞다니까." "또 뭔데? 이 돼지 같은 녀석아?" "넌 아주 조금 행복해지고 또 아주

조금 슬퍼졌어." "그럼 행복과 슬픔이 상쇄해서 달라진 게 없겠네." "천만에. 오늘 조금 더 행복해졌다고 해서 조금 더 슬퍼졌다는 사실이 변하지는 않아. 넌 매일 둘 다 조금씩 더해져. 그러니까 지금 이 순간이 네 인생에서 가장 행복하고 또 가장 슬프다는 거지." "네가 어떻게 아는데?" "생각해봐. 지금 여기 풀밭에 누운 것보다 더 행복한 적이 있었어?" "아니." "그럼 더 슬퍼본 적이 있었어?" "아니." "너도 알겠지만 다들 그런 건 아니야. 베일라 애쉬 같은 사람은 매일 더 슬퍼져. 그리고 너 같은 사람은 둘 다야." "넌 어떤데? 너도 지금이 평생에서 가장 행복하고 가장 슬퍼?" "물론 나도 그렇지." "왜?" "너보다 날 더 행복하게 하거나 더 슬프게 하는 건 없으니까.")

『사랑의 역사』 130~131쪽
니콜 크라우스, 한은경 옮김. 민음사, 2006

어제 밤하늘을 보셨나요? 이틀 동안 천둥이 치며 비가 내렸죠. 그래서 기온이 떨어졌고 덩달아 기분도 우울해졌어요. 그런데 어제 밤하늘에는 밭이랑 같은 하얀 구름들이 줄지어 떠 있더군요. 그리고 한쪽에는 반달이. 서울에 사는 친구가 동네까지 찾아왔기에 만나러 나가던 길이었어요. 그러다가 그만 환하게 개는 밤하늘을 본 거죠. 누구에게랄 것도 없이 혼자 중얼거렸어요. "야, 정말 멋진 밤하늘이야." 요 며칠 우울했어요. 말하고 싶지 않은 일이 있었거든요. 하지만 그걸 표 내고 싶진 않았는데, 그걸 금방 알아차린 친구가 걱정스럽게 묻더군요. "이제 괜찮아?" 걱정하는 친구가 있어서 우울한 표정을 지을 수밖에 없었지만, 사실 이미 달을 봤기 때문에, 또 내색하지 않고 두고 보는 친구가, 그것도 앞에 있다는 사실 때문에 벌써 괜찮아졌지요. 다행히도 저 역시 점점 더 행복해지고, 점점 더 슬퍼지고 있어요. 그렇다면 정말 다행인 거죠.

고마코는 문을 닫으며 머리를 내밀어

고마코는 문을 닫으며 머리를 내밀어 하늘을 올려다보았다.

"눈이 오려나 봐요. 이제 단풍도 끝이군요" 하고 다시 밖으로 나와, '여기는 두메 산촌, 단풍 위로 눈발 흩날리네'라는 시구를 읊었다.

"그럼, 잘 자."

"바래다 드릴게요. 여관 현관까지만요."

그러나 시마무라와 함께 여관으로 들어와,

"안녕히 주무세요" 하고 어디론가 사라지나 싶었는데, 잠시 후에 찬 술을 컵이 넘치도록 두 잔 담아 들고 그의 방으로 들어오자마자 기세 좋게 말했다.

"자, 마셔요. 마시는 거예요."

"여관 사람들은 모두 자는데 어디서 구했나?"

"있는 곳을 잘 알죠."

고마코는 술통에서 꺼낼 때 미리 마시고 왔는지, 좀 전의 취기가 되살아난 듯 눈을 거슴츠레 뜨고 컵의 술이 넘치는 것을 지켜보며,

"하지만 캄캄한 데서 들이키면 싱거워요."

내미는 컵의 찬 술을 시마무라는 선뜻 받아 마셨다.

이 정도의 술로는 취할 턱이 없는데 밖을 돌아다녀 몸이 차가

워진 탓일까, 갑자기 속이 메슥거리고 어지러웠다. 얼굴이 창백해지는 것을 자신도 알 수 있을 정도라 눈을 감고 드러눕자, 고마코는 당황해서 그를 끌어안았다. 마침내 시마무라는 여자의 뜨거운 몸에서 완전히 어린아이처럼 안심했다.

고마코는 왠지 어색한 듯, 이를테면 아직 아이를 낳은 적 없는 처녀가 남의 아이를 안은 듯한 자세를 취했다. 머리를 들고 마치 아이가 자는 것을 지켜보는 듯한 모습이었다.

얼마 후, 시마무라가 불쑥 말했다.

"당신은 좋은 애야."

"어째서요? 어디가 좋아요?"

"좋은 애라고."

"그래요? 이상한 분이셔. 무슨 말 하는 거예요? 정신 차려요"하고 고마코는 시선을 돌리고 시마무라를 흔들며 뚝뚝 끊어 혼내듯 말하더니 잠자코 있었다.

그리고 혼자 웃음을 머금고,

"안 되겠어요. 힘드니까 돌아가줘요. 이제 입을 옷이 없어요. 당신한테 올 때마다 새 옷으로 갈아입고 싶지만 이젠 남은 게 없어요. 이건 친구에게 빌린 옷이에요. 나쁜 애죠?"

시마무라는 할 말이 없었다.

"그런데 어디가 좋은 애라는 거죠?" 하며 고마코는 약간 울먹이는 소리로,

"처음 만났을 땐 당신이 정말 싫더군요. 그런 실례되는 말을 하는 이는 또 없을 거예요. 정말 싫었어요."

시마무라는 고개를 끄덕였다.

"어머, 지금까지 제가 그걸 말 않고 있었던 걸 아세요? 여자가 이런 말까지 할 정도면 이미 다 끝난 거 아닌가요?"

"괜찮아."

"그래요?" 하고 고마코는 자신을 되돌아보는 듯 오래도록 가만히 있었다. 한 여자의 삶의 느낌이 따스하게 시마무라에게 전해져 왔다.

"당신은 좋은 여자야."

"어떻게 좋은데요?"

"좋은 여자야."

『설국』 125~127쪽
가와바타 야스나리, 유숙자 옮김, 민음사, 2002

사랑이란 두 사람이 어떤 나라를 함께 여행하는 일과 비슷해
요. 두 사람만이 가본 이상한 나라. 그러다가 헤어진다면 그 나라
에 사랑하는 사람을 남겨두고 혼자서 국경선을 넘는 일. 출국심
사를 받기 전, 그간 동고동락했던 현지인과 마지막 작별 인사를
나누는 것처럼, 헤어질 때가 되어 "당신은 좋은 여자야"라고 말
하는 건 남자들의 상투적인 수법이지요. 그건 예의상 하는 말에
불과해요. 왜, 사랑하기 때문에 헤어진다는 유명한 별사도 있었
잖아요. 하지만 이제 모든 게 끝났다고 생각하며 허둥지둥 출국
심사장을 빠져나와 그 나라의 국경을 넘어가자마자, 그들은 알게
되죠. 이제 자신이 다시는 그 나라로 돌아가지 못한다는 걸. 자신
은 영원한 입국거부자의 신세가 됐다는 걸. 모든 게 끝나고 나면
사랑했던 기억은 상투적으로 회고됩니다. 모든 여행의 기억이 낭
만적으로 떠오르듯이. 그때가 되면 다들 알게 될 거예요. 상투적
으로 회고되는 그 모든 기억 속에서 가장 낯선 말이 그 말이었다
는 걸. 당신은 좋은 여자야. 그렇다면 도대체 우리가 왜 헤어진 것
인지. 도무지 이해되지 않는 그 말. 당신은 좋은 여자야.

한참이나 무엇을 생각하고 섰던 옥점이는

한참이나 무엇을 생각하고 섰던 옥점이는 신철의 곁으로 다가 앉는다.

"선비 곱지?"

어두운데 주먹 내미는 것 같은 돌연한 이 물음에 신철이는 잠깐 주저하다가,

"곱지."

하고 옥점이를 바라보았다. 그는 머리를 푹 숙이더니 다시 번쩍 든다.

"소개해줄까?"

"것도 좋지."

옥점이는 벌떡 일어났다.

"그럼 이제 내 다려올게."

신철이도 여기에는 당황하였다. 그래서 얼핏 그의 잠옷가를 잡아다렸다. 그리고 진중한 위엄을 그에게 보이려고 음성을 둥글게 내었다.

"이거 무슨 철없는…… 소개를 하려면 내일도 있고 모레도 있는데 왜? 하필 이 밤에만 맞인가?"

옥점이는 그의 잠옷가를 잡은 신철의 손을 콱 잡으며 흑흑 느

껴운다. 이때껏 참았던 정열이 울음으로 화한 모양이다. 신철이는 무의식간에 옥점의 허리를 꼭 껴안았다. 그 순간 신철이는 물속에 잠겨 흔들리던 달이 휙 지나친다. 그리고 달빛에 새하얗게 보이던 선비가 천천히 보인다. 그는 슬그머니 손을 놓고 조금 물러앉으려 으나 속에서 울컥 내밀치는 어떤 불길은 옥점의 잠옷 한 겹을 격하여 있는 포동포동한 살덩이를 불사르고도 남을 것 같았다. 그는 눈을 꾹 감았다.

"옥점이, 들어가서 자라우."

신철의 음성은 탁 갈리어 잘 나오지 않았다. 옥점이는 좌우로 몸을 흔들며 바싹 다가앉는다. 그의 몸은 불같이 달았다. 신철이는 그만 어쩔 줄을 몰랐다. 그때에 그의 이지가 무참히도 깨어지는 소리가 그의 귓가를 지나치는 듯이 들렸다. 그러나 그는 이 여자의 몸에서 손가락 하나 움직일 수 없는 것을 그는 발견하였다.

그때 안방에서 콩콩 하는 기침 소리가 건넌방 문을 동동 울려주었다. 신철이는 벌떡 일어났다.

『인간문제』 95~96쪽
강경애, 창비, 2006

『사랑은 지독한 혼란 : 그러나 너무나 정상적인』이란 제목의 책이 있지요. 사랑은 정말 지독한 혼란이에요. 뒤죽박죽이에요. 이렇게 다들 진지하게 상대방의 마음을 잡으려고 갖은 노력을 다하는데, 보고 있으려니 코미디도 이런 코미디가 없네요. 그렇다고 너무 웃지 마세요. 사랑이 지독한, 그러나 너무나 정상적인 혼란이라면 당신도 예외는 아니었을 테니까요. 하지만 혼란스럽다고 신철이처럼 달밤에 마음에도 없는 여자의 허리를 꼭 껴안거나 하면 곤란합니다. 혹시 그러려고 해서 그런 게 아니라 어쩌다 보니까 그렇게 됐다면 얼른 신철이처럼 벌떡 일어나시길. 소설 속의 두 사람은 지금 너무 진지한데, 전 자꾸 웃음이 나오네요. 사랑에 빠진 사람을 보면 늘 웃음이 나와요. 그래도 다들, 좋기만 하죠.

마지막 날, 로사 누나와 나는

마지막 날, 로사 누나와 나는 경기여고에서 덕수궁 뒷담 쪽으로 올라가는 비탈길 위에 있던 어느 집의 막다른 골목 안에서 밤을 꼬박 새웠다. 큰길 쪽도 캄캄했지만 골목 안은 바깥길에서는 아무것도 보이지 않을 만큼 어두웠다. 그 집 철대문 아래로 세 단 정도의 시멘트 계단이 있어서 우리는 나란히 대문에 등을 기대고 걸터앉았다. 집 안은 불도 모두 꺼지고 캄캄했다. 동틀 때까지는 아무도 나오지 않을 게 분명해 보였다.

춥지 누나……?

그랬더니 그녀는 내게 한쪽 손을 내밀며 말했다.

그래, 좀 녹여줄래?

나는 누나의 손을 잡아 내 점퍼 주머니에 함께 넣었다. 그러는데 새삼스럽게 몸이 떨려왔다. 추워서가 아니라 어쩐지 이 어둠 속에 그녀와 단둘이 있다는 것이며 손을 잡고 살을 맞붙이고 있다는 사실 때문에 더욱 떨렸을 것이다.

어떤 연극에서 두 배우가 서로 전혀 다른 대사를 하는 거야. 끝까지 말이 통하지 않는 대사를 해. 그런데 한참 듣고 있다 보면 그들은 서로 대화하구 있어. 그리고 관객들만 모르지 자기들끼리는 알아듣고 있었던 거야. 그런 연극 재미있겠지?

내가 긴장에서 벗어나려고 얘기를 했더니 로사 누나는 정직하게 말했다.

그거 전위극 아냐? 베케트나 이오네스코 같은……

아니, 말하자면 옛날처럼 하인을 가운데 두고 발을 치고 두 남녀가 '무엇 무엇이라고 여쭈어라' 하는 식으로 마음을 전하는 것도 재미있을 테고.

누나가 그제야 좀 알아들었다.

중간에 애틋한 감정들은 다 빠져버릴 텐데.

그러니까 옛날 사람들이 정을 표현하는 방식이 의젓하지. 인디언과 기병대가 협상한 내용을 보면 추장 쪽이 훨씬 근사하대. 중간 중간 빠지니까. 빠진 데는 더 풍부한 상상으로 채워진대.

이제 그녀는 완전히 알아듣고 웃었다.

으응, 문법 무시된 그런 거로구나. 하지만 어머니하구 사랑방 손님은 답답하잖아.

그리고 다시 잡은 손을 꼼지락거리며 침묵. 나는 일어나서 다리운동을 잠깐 하고는 점퍼를 벗어서 누나의 등에 씌워주려고 했다. 그녀는 괜찮다고 팔을 저으며 말렸지만 나는 억지로 씌워주고 앞자락까지 여며주었다. 그런 다음 반대쪽으로 옮겨앉아서 이번에는 그녀의 다른 쪽 손을 잡아 바지 호주머니에 질러넣었다.

아아, 행복하고 든든한걸.

『개밥바라기별』 115~117쪽
황석영, 문학동네, 2008

30초 안에 소설을 잘 쓰는 법을 가르쳐드리죠. 봄에 대해서 쓰고 싶다면, 이번 봄에 무엇을 느꼈는지 쓰지 말고, 어떤 것을 보고 듣고 맛보고 느꼈는지를 쓰세요. 사랑에 대해서 어떻게 생각하는지 쓰지 마시고, 사랑했을 때 연인과 함께 걸었던 길, 먹었던 음식, 봤던 영화에 대해서 아주 세세하게 쓰세요. 다시 한 번 더 걷고, 먹고, 보는 것처럼. 우리의 감정은 언어로는 직접 전달되지 않는다는 걸 기억하세요. 우리가 언어로 전달할 수 있는 건 오직 형식적인 것들뿐이에요. 이 사실이 이해된다면, 앞으로 봄이 되면 무조건 시간을 내어 좋아하는 사람과 특정한 꽃을 보러 다니시고, 잊지 못할 음식을 드시고, 그날의 기온과 눈에 띈 일들을 일기장에 적어놓으세요. 우리 인생은 그런 것들로 형성돼 있습니다. 그렇다면 소설도 마찬가지예요. 이상 강의 끝.

"그렇게 바쁠 것도 없소. 먹고살자는……"

"그렇게 바쁠 것도 없소. 먹고살자는 짓이니 좀 쉬어가며 해야지요."

"그러시다면 아저씨, 저한테 시간 좀 내주시겠습니까? 잠깐이면 됩니다. 그냥 제 이야기만 들어주시면 됩니다."

안 된다고 할까 봐 그는 겁이 났다.

"무슨 이야기인데 그러슈? 어디 한번 들어봅시다."

사내가 그의 말을 재촉했다. 드디어 시작된 것이다. 봉투 속을 뒤져 팸플릿을 꺼내는 잠깐의 시간도 한없이 길게 느껴졌다. 바싹 말라 있는 입술을 축이고 마침내 그는 대사의 첫 줄부터 읊어나가기 시작하였다. 이제까지 입안에서만 맴돌던 대사들이 하나씩 둘씩 소리가 되어 터져나왔다. 사내의 태도도 썩 훌륭했다. 연신 고개를 끄덕여가며 진지하게 그의 말을 경청했다. 때로는 질문도 있었다. 고객의 수준에 맞춰 알기 쉽게 대답해주는 일 또한 어려울 게 없었다.

말은 폭포수처럼 쏟아지고 있다. 정봉룡 회장의 말이 옳았다. 시작이 어려웠던 만큼 다음 대사는 저절로 흘러나와 강이 되어서 도도하게 흘러갔다. 움켜쥔 그의 주먹에 땀이 배어나오기 시작했다. 추위가 물러간 것은 진작부터였다. 허술만 옹의 탁월한 솜

씨를 묘사하는 부분에 이르러서는 자신의 말이 나비처럼 훨훨 날고 있다는 찬란한 느낌 때문에 가슴이 다 먹먹할 지경이었다.

실습은 끝났다. 빠뜨린 대사는 하나도 없었다. 봉투 안에 팸플 릿을 집어넣고 그는 이마에 밴 땀을 닦아내었다. 사내도 털모자를 꾹 눌러쓰고는 일어설 채비를 하였다.

"지루한 이야기를 다 들어주셔서 고맙습니다. 정말 감사합니다, 아저씨."

그가 담배 한 대를 사내에게 권했다. 사내가 손을 내저으며 펄쩍 뛰었다.

"어이구 그게 무슨 소립니까. 입만 아프게 해드리고 그냥 일어서려니까 내가 되려 미안스런 판에……. 그럼 많이 파시구려."

사내가 출입문을 향해 걸어갔다. 이제 실습은 끝난 것이다. 그는 꿈에서 깨어난 듯 멍멍한 시선으로 주위를 돌아보았다. 텔레비전의 무협 영화는 아직 끝나지 않았고 개찰구 주변의 혼잡도 여전했다. 뭔가 미진한 느낌에서 빠져나오지 못하고 있는 그의 옆자리에 다시 누군가가 앉았다. 돌아보니 아까의 그 짐꾼이었다.

"가다가 생각해보니 아무래도 찜찜해서. 그 촛대라든가 촛대라는 거 그거 하나 사겠소. 제상에 촛불 켤 때 쓰면 딱 좋겠던데,

비싼 것은 못 사주더라도 그게 제일 값도 헐하니까 내 형편에 만만하고. 내가 이래 살아도 권씨 문중의 종손이라 제사가 사흘거리로 돌아오는 몸이라오."

사흘거리로 돌아오는 제상에 놓을 촛대를 주문한 고객 앞에서 그는 잠시 말을 잃었다. 아까의 그 쏟아져 나오던 말은 어디론가 다 사라져버렸고 이번에는 짐꾼이 자신의 대사를 쏟아놓기 시작하였다.

"짐보따리 날라다 주며 먹고살긴 하지만 조상 대접만은 깍듯이 하며 살지요. 물려받은 논마지기 다 날려보내고 자식 농사나 지어볼라고 서울 와서 이 고생이오. 한때는 나도 시골 유지였다오. 행세깨나 한다는 집안에서 태어나 큰소리치고 살았는데……. 나이 오십이 다 되어가는 마당에 참 창피한 말이지만서도 여태 집 한 칸도 없는 신세라오. 한 푼이라도 더 벌어보겠다고 안 해본 짓이 없어요. 아이들은 자꾸 굵어지지, 모아놓은 재산은 없지……. 이거 참, 권 아무개 하면 고향 동네서는 모르는 이가 없었는데……. 이 서울 바닥에선 그냥 짐꾼 권씨로 통한다오……."

짐꾼 권씨의 대사도 어지간히 길었다. 사내가 그렇게 했듯이 그 또한 사내의 말을 열심히, 고개까지 끄덕여가며 들어주었다. 사람들은 끊임없이 들락거리고 있었다. 김제에서 올라온 누구누구 엄마는 빨리 방송실까지 와달라는 여자의 코맹맹이 음성을 넘어서, 짐꾼의 이야기는 계속 이어졌다.

『원미동 사람들』 57~59쪽
양귀자, 살림, 2004

누군가에게, 특히 이제 막 호감을 느끼는 상대에게 자신이 어떤 사람인지 말할 때, 그때 우리는 우리의 진짜 모습을 찾게 되지요. 그때까지 우리가 자신이라고 생각한 사람은 다른 사람들이 생각한 우리의 모습일지도 모릅니다. 어쩐지 이야기가 술술 풀리고, 저절로 농담이 흘러나오고, 아마도 웃음이 그치지 않을 겁니다. 우리만 그런 게 아니라 상대방의 이야기는 또 어떻구요? 그렇게 재미있는 이야기는 처음 들어본다는 듯이 귀를 쫑긋 세우고, 눈을 반짝이면서, 마치 직업이 듣는 사람인 것처럼 온몸으로 이야기를 듣지요. 사람들은 흔하디흔한 것처럼 사랑, 사랑 잘도 말하지요. 하지만 생각해봐요. 오늘은 얼마나 많은 이야기를 하고, 얼마나 많은 농담을 건넸으며, 얼마나 많이 웃었나요? 무엇보다도 다른 사람의 이야기에 얼마나 귀를 기울였나요? 정신을 집중하고 안간힘을 써야 겨우 그럴 수 있을까 말까. 하지만 사랑에 빠지면 식은 죽 먹기처럼 할 수 있죠. 연애하는 사람들의 이 막대한 생산성을 어디 좋은 데 쓰면 참 좋을 텐데.

묵묵히 수그러진 무재 씨의 고개 위로

묵묵히 수그러진 무재 씨의 고개 위로 불빛이 번져 있었고 그 너머로 바로 어둠이 내려와 있었다. 막막하고 두려워 사발 모양의 가로등 갓을 올려다보았다. 여기는 어쩌면 입일지도 모르겠다는 생각이 들었다. 어둠의 입. 언제고 그가 입을 다물면 무재 씨고 뭐고 불빛과 더불어 합, 하고 사라질 듯했다.

목덜미를 당기는 듯한 어둠을 등지고 무재 씨 쪽으로 걸어갔다. 손을 잡아보자 손이라기보다는 무언가의 뼈를 잡은 것처럼 메마르고 차가웠다. 그렇더라도 이것은 무재 씨의 뼈, 라고 생각하며 간절하게 잡고 있었다.

무재 씨.

무재 씨.

걸어갈까요?

라고 말하자 이쪽을 바라보았다.

……어디로?

나루터로.

……이렇게 어두운데 누굴 만날 줄 알고요.

만나면 좋죠. 그러려고 가는 거잖아요.

만나더라도 무재 씨, 그쪽도 놀라지 않을까요. 우리도 누구라서, 라고 말하자 무재 씨가 고개를 기울이고 나를 바라보았다.

　배가 없을 텐데요.

　배가 없더라도 나루터 부근엔 사람들이 살잖아요.

　걸어갑시다, 하며 손을 당기자 별다른 저항 없이 걷기 시작했다.

　한 줌 손에 이끌려오는 무게가 묵직한 듯 가벼워서 나는 쓸쓸했다.

　불빛 바깥으로 얼마간 나아갔을 때쯤 잠깐만, 하며 무재 씨가 차로 돌아갔다. 달려온 방향을 향해 삼각대를 세워두고 돌아왔다. 자동차를 향해서는 도와줄 사람을 만나는 대로 돌아오기로 약속해두고 무재 씨와 손을 잡고 돌아섰다. 짤깍거리는 소리가 점차로 멀어졌다. 불빛이 미치는 범위를 벗어날수록 공기의 밀도와 바람결이 달라지는 듯했다. 이따금 뒤를 돌아보며 걸었다. (중략) 불빛의 가장자리에서 어둠으로 들어서고 나서는 몇 차례 흔들리는 것이 보이고 난 뒤로 더는 보이지 않았다.

『百의 그림자』 166~168쪽
황정은, 민음사, 2010

대학에 다닐 때, 학교 근처에 '37.2'라는 이름의 카페가 있었어요. 프랑스 영화 제목에서 따온 이름이죠. 감독은 임신한 여성의 아침 체온이 37.2도라는 데에서 그 제목을 착안했다고 하더군요. 하지만 그건 나중에야 안 사실이고, 그 카페를 드나들 때는 나름대로 두 연인이 서로 안고 있으면 도달하는 체온이 아닐까 하고 추측했죠. 그러니까 외롭지 않은, 평상시보다는 조금 따뜻한 온도라고. 왜 36.5도를 정상 체온이라고 말하잖아요. 가끔씩은 그게 외로움의 온도처럼 느껴지기도 해요. 혼자 있을 때의 체온을 뜻하는 것이니까. 그러고 보니 그 카페를 드나들던 무렵에는 외롭다는 생각을 많이 했네요. 이제 학교 근처에는 일 년에 한 번 갈까 말까. 하지만 근처를 지날 때마다 저는 예전 그 카페를 떠올려요. 그때도 지금도 제 체온은 대개 36.5도, 지극히 정상적이죠. 가끔 외롭다는 생각이 든대도 그런 점에서 보자면 지극히 정상적인 일이랍니다.

당신과 말문이 트인 것은 그때부터였지요

당신과 말문이 트인 것은 그때부터였지요. 당신의 집이 선운사 근처라는 것도 그래서 알았습니다.

"재수할 때 여기저기 떠돌다 선운사 석상암에서 며칠 묵은 적이 있습니다."

내가 이렇게 말하자 당신은 또 말을 비틀었지요.

"재수를 한 게 역시 사실이군요. 그것도 하필이면 80년도에 말예요."

"변명이 되겠지만 고3 때 진로를 바꾸는 바람에 피할 수가 없었습니다."

"고3 때 진로를 바꾸기도 하구요. 왜요, 갑자기 물감이 싫던가요?"

"그땐 세상이 다 흑백으로 보였기 때문에 물감만 보면 헛구역질이 나오더군요."

"그런 증상도 있군요?"

"자꾸 그런 식으로 말하지 마십시오. 사람에 따라선 분명 그런 증상도 있는 거니까요."

"그럼 천문학으로 전공을 바꿀 거란 얘기도 사실인가 보네요?"

"모든 일이 그렇게 사실과 비사실로 나누어지는 건 아닙니다. 그 중간이라는 것도 있고 눈으론 당최 안 보이는 부분도 있게 마련이니까요. 요컨대 사람의 마음이라는 것도 다 그렇게 생겨먹질 않았습니까. 이를테면 지금도 나는 캄캄한 하늘에 떠 있는 별을 보고 있다 이 말입니다."

"……지금 절 유혹하는 거예요?"

나는 봉숭아꽃물을 들인 것 같은 당신의 손톱을 내려다보며 되받았지요.

"아까부터 나는 그 반대라고 생각하고 있는 중입니다."

이어 엉터리 같은 자식! 하고 당신의 입에서 나직한 신음이 흘러나왔지요.

「상춘곡」, 『많은 별들이 한곳으로 흘러갔다』 22~23쪽
윤대녕, 문학동네, 2010

운명의 만남이라는 건 이런 거지요. 몇 날 며칠 미리 거울을 보면서 표정을 연습한다거나, 멋진 말들을 외고 또 외운다거나 한 뒤에야 비로소 만날 준비가 끝나는, 뭐, 그런 게 아니란 말씀입니다. 그냥 아무렇지도 않게, 굳이 따지자면 평상시보다 약간 열에 들뜬 상태에서, 좀 수다스럽게 얘기하는데도 표정이 기가 막히고 말이 줄줄줄 흘러나오는 그런 경지랄까. 흠흠. 이때 머릿속에서 종이 울리는 경우도 간혹 보이는데, 그때는 앞뒤 재볼 것도 없이, 그냥……. 그러니 하품이 나오고, 할 말이 생각나지 않으며, 빨리 집으로 돌아가고 싶은 마음만 굴뚝같다면, 아아아, 그걸 어떻게 하나요? 그게 사람이라면 정 때문에라도 견디겠는데, 그게 일이라면, 그것도 평생 해야만 하는 일이라면? 역시 나를 매혹한 이 문장과는 아무런 상관이 없는 결론이지만, 아 이 엉터리 같은 자식! 이라는 말이 절로 나오네요.

"잠깐만요, 다스 부인, 왜 당신은 내게……"

"잠깐만요, 다스 부인, 왜 당신은 내게 그런 얘기를 하는 겁니까?"

그녀가 마침내 이야기를 마치자 카파시 씨가 물었다. 그녀는 다시 고개를 돌려 그를 쳐다보았다.

"제발 나를 다스 부인이라고 부르지 마세요. 나는 스물여덟밖에 안 되었어요. 당신은 내 나이 또래의 딸이 있을 거예요."

"그렇지는 않아요."

그녀가 자신을 부모뻘로 생각한다는 것을 알자 카파시 씨는 약간 당황했다. 그녀에 대한 미묘한 감정—백미러를 쳐다보며 자신의 얼굴을 살피던 그 느낌이 약간 사라졌다.

"당신의 재능 때문에 말씀드리게 된 거예요."

그녀는 튀긴 쌀 봉지를 주둥이도 접지 않은 채 밀짚 백 속으로 쑥 밀어넣었다.

"무슨 말인지요?"

카파시 씨가 말했다.

"이해하지 못하시겠어요? 나는 8년 동안 이 사실을 그 누구에게도, 친구에게도, 더욱이 라즈에게는 말할 수가 없었어요. 그는 의심조차 하지 않아요. 그는 아직도 내가 그를 사랑한다고 생각해요. 그러니, 당신은 내게 할 말이 없으세요?"

"무엇에 대해서 말입니까?"

"내가 금방 말씀드린 것에 대해서 말이에요. 내 비밀, 나의 이 끔찍스러운 느낌에 대해서 말이에요. 나는 내 아이들을 쳐다보면 끔찍스러워요. 라즈는 더욱 끔찍스럽고요. 카파시 씨, 난 이 모든 것을 내버리고 싶은 끔찍스런 충동을 느껴요. 어떤 날은 창문을 활짝 열고 텔레비전, 아이들, 그 모든 것을 밖으로 내던지고 싶은 충동을 느꼈어요. 이게 병적인 상태라고 생각하지 않으세요?"

그는 아무 말이 없었다.

"카파시 씨, 뭔가 할 말이 좀 없으세요? 난 그게 당신의 직업이라고 생각하는데요."

"내 직업은 관광 안내를 하는 겁니다, 다스 부인."

"그거 말고요. 당신의 다른 직업, 통역사 말이에요."

"하지만 우리 사이에는 언어의 장벽이 없어요. 그런데 무슨 통역이 필요합니까?"

"내 말은 그 뜻이 아니에요. 나도 생각이 있기 때문에 이렇게 말씀드리는 거예요. 내가 당신에게 이렇게 속마음을 털어놓는다는 게 무슨 뜻인지 모르세요?"

　"무슨 뜻입니까?"

「질병의 통역사」, 『축복받은 집』 150~152쪽
줌파 라히리, 이종인 옮김, 동아일보사, 2006

지금 다스 부인은 여행길에서 만난 가이드에게 자기 아들은 남편 친구의 아이라는 사실을 털어놓았습니다. 지난 팔 년 동안 그 누구에게도 털어놓지 않았던 비밀이지요. 그런데 왜 다스 부인은 그런 비밀을 그때까지 한 번도 만난 적이 없는 사람에게 털어놓는 것일까요? 왜 친구나 가족이 아닌, 머나먼 외국의 통역사에게. 멀리 여행을 다녀온 사람은 거짓말을 해도 좋다는 속담이 있지요. 먼 곳의 이야기는 거짓말처럼 들린다는 말일 수도 있고, 먼 곳에 대해서는 거짓말을 해도 아무도 모른다는 말일 수도 있겠지요. 하지만 저는 여행지에서 우리는 그 누구도 아닌 우리 자신으로 돌아갈 수밖에 없다는 뜻으로 받아들입니다. 다시 여행에서 돌아오면 우린 몇 개의 가면을 상황에 맞게 바꿔가면서 쓸 거예요. 스스로 자신의 통역사가 되는 거죠. 그게 나쁘다는 얘기가 아니에요. 다만 때로는 내가 아닌 다른 사람이 내 마음을 통역해주면 좋겠다는 생각이 들 때가 있다는 말이죠. 하지만 그게 안 되니까, 우리는 내 말이라도 대신해줄 사람을 찾아서 그렇게 멀리까지 여행을 떠나는 게 아닐까요?

2

지극히 평범한 외로움

"이름을 여쭈어도 될까요?"

"이름을 여쭈어도 될까요?"

"알렉시스 조르바…… 내가 꺽다리인 데다 대가리가 납작 케이크처럼 생겨먹어 '빵집 가래삽'이라고 부르는 친구들도 있지요. 한때 볶은 호박씨를 팔고 다녔다고 해서 '파사 템포_{소금과 함께 볶은 호박씨}'라고 부르는 치들도 있었고…… 또 '흰곰팡이'라는 별호도 있습니다. 이렇게 부르는 놈들 말로는, 내가 가는 곳마다 사기를 치기 때문이라나. 개나 물어 가라지. 그 밖에도 별호가 많지만 그건 다음으로 미루기로 합시다……."

"어떻게 해서 산투리를 다 배우게 되었지요?"

"스무 살 때였소. 내가 그때 올림포스 산기슭에 있는 우리 마을에서 처음 산투리 소리를 들었지요. 혼을 쭉 빼놓는 것 같습디다. 사흘 동안 밥을 못 먹었을 정도였으니까. '어디가 아파서 그러느냐?' 우리 아버지가 묻습디다. 아버지 영혼이 화평하시기를……. '산투리를 배우고 싶습니다.' '창피하지도 않으냐? 네가 집시냐, 거지 깡깽이가 되겠다는 것이냐?' '저는 산투리가 배우고 싶습니다!' 결혼하려고 꼬불쳐둔 돈이 조금 있었지요. 유치한 생각이었소만 그 당시엔 대가리도 덜 여물었고 혈기만 왕성했지요. 병신같이 결혼 같은 걸 하려고 마음먹었다니! 아무튼 있는 걸 몽땅 털고 몇 푼 더 보태 산투리를 하나 샀지요. 지금 당신이 보고 있는 바로 이놈입니다. 나는 산투리를 들고 살로니카로 튀어 터키인 레트셉 에펜디를 찾아갔지요. 그는 아무에게나 산투리를 가르쳐주었지요. 그 앞에 일단 넙죽 엎드리고 봤어요. '왜 그러느냐, 꼬마 이교도야.' '산투리를 배우고 싶습니다.' '오냐, 그런데 왜 내 발밑에 엎드렸느냐?' '월사금으로 낼 돈이 없습니다.' '산투리에 단단히 미친 게로구나.' '네.' '그럼 여기 있어도 좋다, 젊은 친구야, 나는 월사금을 받지 않는단다.' 나는 1년을 거기 있으면서 공부했지요. 하느님이 그 영감의 무덤을 돌보아주시기를…… 지금쯤 아마 죽었을 겁니다. 하느님이, 개도 천당에다 들여놓으신다면, 레트셉 에펜디에게도 천당 문을 활짝 열어주실 것이외다. 산투리를 다룰 줄 알게 되면서 나는 전혀 딴사람이 되었어요. 기분이 좋지 않을 때나 빈털터리가 될 때는 산투리를 칩니다. 그러면 기운이 생기지요. 내가 산투리를 칠 때는 당신이 말을 걸어도 좋습니다만, 내게 들리지는 않아요. 들린다고 해도 대답을 못해요. 해봐야 소용없어요. 안 되니까……."

"그 이유가 무엇이지요, 조르바?"

"이런, 모르시는군. 정열이라는 것이지요. 바로 그게 정열이라는 것이지요."

문이 열렸다. 바다 소리가 다시 카페로 쏟아져 들어왔다.

『그리스인 조르바』 17~18쪽
니코스 카잔차키스, 이윤기 옮김, 열린책들, 2008

한 이십 년쯤 전에(아아아), 그러니까 제 나이가 스무 살이었을 때, 『그리스인 조르바』를 영화로 본 일이 있었어요. 지금도 별반 다를 게 없지만, 살아가는 기술은 하나도 모르던 시절이었죠. 다른 장면은 하나도 기억나지 않는데, 조르바 역을 맡은 앤서니 퀸이 춤을 추던 장면만은 아직도 머릿속에 생생해요. 기술이 없으니 좌충우돌 삶과 일대 사투를 벌이던 시절이었네요. 우울이 주기적으로 찾아왔고, 그때마다 저는 완전히 넉다운이 돼버렸죠. 하지만 꼼짝도 못하고 쓰러져 있던 순간에도 일어나야만 하겠다고 생각할 수 있었던 건 오직 그 춤을 추던 조르바의 모습 덕분이었어요. 그게 바로 삶의 기술이라는 걸 알아차린 건 수없이 쓰러지고 난 다음의 일이었죠. 조르바는 이렇게 소리쳤죠. "두목, 나는 조르바 앞에서도 부끄럽다구요!" 멋진 조르바. 저는 아직 제 앞에서도 부끄러운 경지까지는 못 갔어요. 하지만 산투리를 치는, 정열을 아는 조르바 앞에서는 부끄러워요.

어머니, 나랑 오늘 서울 가자, 했다

어머니, 나랑 오늘 서울 가자, 했다. 너의 엄마는 산이나 가자, 했다.

— 산요?

— 그래 산.

— 여기 어디에 산에 다닐 데가 있어요?

— 내가 낸 산길이 있어야.

— 서울 가서 병원 가자.

— 나중에.

— 나중에 언제?

— 큰애 입시시험 끝나면.

엄마가 말한 "큰애"란 큰오빠의 딸이다.

— 오빠네랑 말고 나랑 가면 되지 병원에.

— 괜찮다…… 이러다가 괜찮어. 한의원도 다니고 있고…… 물리치료도 받고.

엄마를 설득할 수가 없었다. 엄마는 한사코 나중에 가겠다고 했다. (중략) 찐 문어로 아침을 먹고 대문을 나섰다. 뒷산의 밭두둑 몇 개를 타고 넘어 산길로 접어들었다. 사람들이 다니는 길이 아닌데도 오롯이 길이 나 있었다. 그 길에 떡갈나무며 상수리나무 잎이 떨어져 수북이 쌓여 있어 신발 밑이 푹신푹신했다. 이따금 그 길을 타고 넘어오는 나무줄기들이 얼굴을 때리기도 했다. 앞에 걸어가던 엄마가 나무줄기들을 뒤로 젖혀주기도 했다. 네가 지나가면 엄마는 나무줄기를 내려놓았다. 새가 후드득 저편으로 날아갔다.

— 여길 자주 와?

— 응.

— 누구랑요?

— 누구랑은. 같이 올 사람이 어디 있기나 허냐.

엄마가 혼자서 이 길을? 너는 다시 한 번 엄마에 대해서 안다고 말할 수 없게 되었다고 생각했다. 누구라도 혼자 다니기엔 으슥한 길이었다. 이따금 대나무들이 우거져 하늘조차 가렸으니까.

— 왜 이 길을 혼자서 다녀?

— 니 이모가 죽고 난 뒤에 그냥 한번 와본 길인디 한번 와보니 자꾸만 오게 되더라.

『엄마를 부탁해』 56~59쪽
신경숙, 창비, 2008

외로움이라는 거, 혼자 있다는 사실을 절절하게 느낀다는 거, 그건 좀 이율배반적인 감정인 것 같아요. 적어도 제게는. 저는 여전히 많은 사람들 사이에 있는 게 불편해요. 한때는 처음 보는 사람들과 쉽게 어울릴 수 있는 사람들을 부러워한 적도 있었죠. 하지만 나중에 알고 봤더니 그건 타조가 거북이를 부러워하는 일이나 마찬가지예요. 전 원래 그런 사람으로 태어나지 않았다는 뜻이에요. 그래서 요즘엔 많은 사람들 사이에 잘 가지 않습니다. 거기 가면 이상하게 외로워요. 그냥 외로운 거하고 이상하게 외로운 거하고는 좀 다르다는 거 아시지요? 모르신다면, 이렇게 설명해볼까요? 그러다가 집으로 돌아와 혼자 문을 닫고 방에 들어와 있으면 아, 너무 좋아요. 책을 읽거나, 음악을 듣거나. 이건 그냥 외로운 거예요. 이건 친구와도 같은 외로움이죠. 그러니 저 역시 누가 나에 대해서 안다고 말할 수 없기를 바랄 뿐입니다.

우리나라 사람이 쓴 책에는

우리나라 사람이 쓴 책에는 웃음소리를 직접 인용한, 형용한 대목이 적다. 특히 진지하고 정통에 가까운 소설일수록. 그나마 자주 나오는 것은 미소. 미소 짓다, 미소를 흘리다, 미소하다, 소리 없이 웃음 짓다, 웃음을 머금다, 빙그레 웃음 짓다 등으로 아까울 것도 없는 웃음소리를 아끼고 있다. 웃음을 터뜨리는 것이 점잖지 못하다고 여겨서인가. 그래서 감정 표현에는 점잖은 소설과는 비교할 수 없이 솔직한 만화를 대상으로 웃음소리를 찾아보았다. 웃음소리가 가장 많은 책을 만드는 것을 목표로.

1_ 숨을 모아 한꺼번에 내보내는 소리에 가장 가까운 ㅎ 자음에 다섯 모음을 결합한 형태. 빈도수가 가장 높다.

하하, 허허, 헤헤, 호호, 후후, 흐흐, 히히.

2_ 1의 경우에 ㅅ을 결합, 강조한 것.

핫핫핫, 헛헛헛, 헷헷헷, 호호홋, 후훗, 홋홋, 힛힛힛.

3_ 1의 경우에 웃음에 충분한 숨을 만들기도 전에 튀어나오는 웃음소리를 형용한 것. 목적이 있는, 억지웃음에도 쓴다.

아하하, 으하하, 와하하, 어허허, 에헤헤, 우후후, 으흐흐, 이히히.

4_ 파열음 ㅋ, ㅍ을 ㅎ 대용으로 쓰고 있는 경우.

카(크)하하, 크카카, 카카카, 크크크, 파하하, 푸(프)하하, 푸후후.

5_ 몇몇 작가만이 쓰고 있는 경우.

우후훙, 후아, 헐헐헐, ㅎㅎㅎ, ㅍㅍㅍ.

6_ 헛웃음, 냉소.

피식, 픽, 푸시시, 피시식.

7_ 실제로는 들을 수 없으나 문자로는 쓰는 경우.

깔깔깔, 낄낄낄, ㅋㅋ, 깰깰깰, 킬킬.

8_ 위의 경우를 모두 이용하여 만든 간단한 소극(따라 읽는 것이 효과가 큼).

하하……허허……헤헤……후후……흐흐……히히……핫핫핫……헛헛헛……호호홋……후훗……홋홋……힛힛힛……아하하……으하하……와하하……어허허……에헤헤……우후후……으흐흐……이히히……우후훙……헐헐헐……푸하하……푸후후……ㅎㅎㅎ……ㅍㅍㅍ……피식……픽……푸시시……피시식.

9_ 응용(반드시 따라 읽어야 효과가 있음).

하헤히호후후히힛헤헤이히히픽아하하하하하하하오호호호호

호호흐흐흐흐히힛헤헷으흐으으으이아와으이호훗흐헷훗훗핫헐
헐헐핫핫핫피시시.

「웃음소리」, 『그곳에는 어처구니들이 산다』 15~17쪽
성석제, 강, 2007

그라나다에서 스페인 할머니를 만난 적이 있습니다. 그 할머니에게는 놀라운 재능이 있었어요. 상대의 모든 말을 한 번 더 따라하면서 박장대소하는 재능이었어요. 그 웃음에 전염이 돼 급기야는 제가 먼저 웃음을 터뜨리며 말하기 시작했어요. 그랬더니 할머니는 그게 정말 우스운 일이라도 된다는 듯이 더 큰 소리로 웃었어요. 저도 지기 싫어서 손뼉을 쳐가면서 웃었어요. 정말이지, 이를 악물고 웃었다고나 할까. 이를 악물고 웃든, 참을 수 없어서 웃든, 어쨌든 웃다 보니까 마음이 즐거워지더군요. 그 할머니는 얼마나 많이 웃었던지 눈가에 주름이 자글자글. 전 취미가 소원리스트 만들기인데, 그걸 보고 소원이 하나 더 늘었어요. 눈가에 주름이 자글자글한 할아버지 되기. 식당에서 사람들이 모두 돌아볼 정도로 크게 웃는 법을 배우기. 이건 누군가 웃으면 반드시 따라 웃어야만 이룰 수 있는 소원이랍니다.

나스레딘에게는 열세 살 난 아들이 한 명 있었다

나스레딘에게는 열세 살 난 아들이 한 명 있었다. 아들은 늘 자신이 못생겼다고 생각했다. 외모에 대한 콤플렉스가 너무 심해 집 밖으로 나가려고도 하지 않았다. '사람들이 날 비웃을 거야.' 그는 끊임없이 이런 생각을 했다. 아버지는 아들에게 사람들은 험담하길 좋아하기 때문에 사람들 말에 귀를 기울일 필요가 없다고 누누이 말했지만 아들은 도무지 들으려 하지 않았다.

어느 날, 나스레딘이 아들에게 말했다.

"내일 나와 함께 장에 가자꾸나."

다음날 아침 아주 이른 시각에 그들은 집을 나섰다. 나스레딘 호자는 당나귀를 탔고, 그의 아들은 그 옆에서 걸었다.

시장 입구에 사람들이 앉아 잡담을 나누고 있었다. 나스레딘과 아들을 본 그들은 마구 험담을 늘어놓기 시작했다.

"저 사람 좀 봐. 동정심이라곤 털끝만큼도 없군. 자기는 당나귀 등에 편히 앉아 가면서 불쌍한 아들은 걷게 하다니! 이미 인생을 누릴 만큼 누렸으니 아들에게 자리를 양보할 수 있을 텐데 말이야."

그러자 나스레딘이 아들에게 말했다.

"잘 들었지? 내일도 나와 함께 시장에 오자꾸나."

둘째 날, 나스레딘과 아들은 전날과는 반대로 했다. 이번에는 아들이 당나귀를 탔고 나스레딘이 그 옆에서 걸었다. 시장 입구에 같은 사람들이 모여 잡담을 나누고 있었다. 나스레딘 부자를 보자 그들이 외쳤다.

"저 녀석 좀 보게. 버릇도, 예의도 없군. 당나귀 등에 유유히 앉아 불쌍한 노인네를 걷게 만들다니!"

그러자 나스레딘이 아들에게 말했다.

"잘 들었지? 내일도 나와 함께 시장에 오자꾸나."

셋째 날, 나스레딘 부자는 당나귀를 끌며 걸어서 집을 나섰다. 그리고 그 모습으로 시장에 도착했다. 사람들이 그들을 보고 비웃었다.

"저런 멍청한 사람들을 봤나! 멀쩡한 당나귀가 있으면서도 타지 않고 걸어다니다니. 당나귀는 사람 타라고 있다는 것도 모르나 봐."

그러자 나스레딘이 아들에게 말했다.

"잘 들었지? 내일도 나와 함께 시장에 오자꾸나."

넷째 날, 나스레딘 부자는 둘 다 당나귀 등에 걸터앉아 집을 나섰다. 시장 입구에 도착하자 사람들이 야유를 보냈다.

"저 사람들 좀 봐. 저 가엾은 짐승이 조금도 불쌍하지 않은 모양이군!"

그러자 나스레딘이 아들에게 말했다.

"잘 들었지? 내일도 나와 함께 시장에 오자꾸나."

다섯째 날, 나스레딘 부자는 당나귀를 어깨에 짊어지고 시장에 도착했다. 사람들이 웃음을 터뜨리며 말했다.

"저 미치광이들 좀 봐. 저들을 병원으로 보내야만 해. 당나귀 등에 타지 않고 짊어지고 가다니!"

그러자 나스레딘이 아들에게 말했다.

"잘 들었지? 네가 무슨 일을 하든, 사람들은 항상 트집을 잡고 험담을 할 게다. 그러니 사람들 말에 귀를 기울여서는 안 된단다."

「나스레딘의 아들」, 『이슬람의 현자 나스레딘』 13~16쪽
지하드 다르비슈, 이상해 옮김, 현대문학북스, 2002

요즘은 덜하지만, 그래도 친구와 싸울 때가 있어요. 무슨 일인가로 혼자 마음이 상해 있다가 결국에는 사소한 계기로 폭발하는 거죠. 그나마 다행인 건 이 정도 나이가 들었기 때문에 그게 얼마나 멍청한 행동인지 잘 알고 있어서 다음 날이면 무조건 미안하다고 사과할 수 있다는 점이죠. 친구는 좀 어리벙벙하겠죠. 희한한 일이지만, 몇십 년씩 만난 친구 사이에서도 이런 일들이 벌어져요. 그런데 어느 날, 나를 잘 알지도 못하는 누군가가, 혹은 절대로 나를 사랑한다고 생각할 수 없는 어떤 사람이, 나에 대해서, 내 인생에 대해서, 내가 좋아하는 일에 대해서 이러쿵저러쿵 말이 많다면? 그냥 무시하세요. 반대로 자신이 사랑하는 사람이 아니라면 여러분도 그 사람의 인생에 대해서, 그가 몰두하는 일에 대해서 이러쿵저러쿵 참견하지 마세요. 말해봐야 그 사람도 여러분의 말을 무시할 게 뻔하니까.

그가 두 번째로 목책문으로부터 끌려나온 것은

그가 두 번째로 목책문으로부터 끌려나온 것은 이튿날 오전이었다.

대청의 광경은 모두 전과 같았다. 상좌에는 여전히 까까머리 늙은이가 앉아 있었다. 아큐도 역시 어제처럼 꿇어앉았다.

늙은이가 부드럽게 물었다.

"더 무슨 할 말은 없느냐?"

아큐는 생각해보았으나 별로 할 말이 없었으므로 "없습니다" 하고 대답했다.

그러자 긴 두루마기를 입은 사람이 종이 한 장과 붓 한 자루를 가지고 와 아큐 앞에 놓고 붓을 그의 손에 쥐어주려고 했다. 아큐는 이때 거의 혼비백산하도록 깜짝 놀랐다. 왜냐하면 그의 손이 붓을 쥐어보기는 이번이 처음이었기 때문이었다. 그는 어떻게 쥐는 것인지 정말 몰랐다. 그랬더니 그 사람은 한군데를 가리키며 그에게 서명하라고 했다.

"저는…… 저는…… 글을 쓸 줄 모르는뎁쇼……."

아큐는 붓을 덥석 움켜잡고는 황송하고 부끄러운 듯이 말했다.

"그러면 너 좋은 대로 동그라미 하나 그려라."

아큐는 동그라미를 그리려고 했으나 붓을 잡은 손이 떨리기만 했다. 그러자 그 사람은 그를 위해 종이를 땅 위에 펴주었다. 아큐는 엎드려 평생의 힘을 다 쏟아 동그라미를 그렸다. 그는 남들에게 웃음거리가 될까 두려워 동그랗게 그리려고 마음먹었으나 이 밉살스런 붓이 지나치게 무거운 데다 또 말을 듣지 않아 떨면서 간신히 그렸다. 거의 완성하려 할 때 붓이 위로 솟구쳐 수박씨 모양이 되고 말았다.

아큐는 자기가 동그랗게 그리지 못한 것을 부끄럽게 생각했으나 그 사람은 문제 삼지도 않고 재빨리 종이와 붓을 가지고 가버렸다. 여러 사람들이 또 그를 재차 목책문 안에 처넣었다.

그는 두 번째로 목책문 안에 들어갔어도 그리 고민하지 않았다. 그의 생각으론, 사람이 이 세상에 태어난 이상 때로는 감옥에 들어가는 일도 있을 게고, 또 때로는 종이 위에 동그라미를 그려야 할 때도 있을 것이다. 다만 동그라미가 동그랗게 그려지지 않은 것만은 그의 일생에 하나의 오점이라고 생각했다. 그러나 오래지 않아 곧 마음이 풀렸다. 손자 대가 되면 동그라미를 아주 동그랗게 그릴 수 있을 것이라고 그는 생각했다.

「아Q정전」, 『루쉰 소설전집』 146~147쪽
루쉰, 김시준 옮김, 서울대학교출판부, 1996

소설을 쓰느냐, 직장을 다니느냐 양자택일의 기로에서 고민한 적이 있습니다. 스물일곱 살 무렵이었어요. 소설만 쓰겠어, 라고 맹세하기에는 앞날이 감당이 안 되더군요. 인생, 별거 있겠어? 한 이틀 정도 고민하다가 회사에 취직했어요. 취직이 제일 쉬웠어요, 라고 말하려니까 지금 생각하면 행복한 고민이었네요. 그게 제일 쉬워 보여서 회사에 들어갔다가 죽을 고생을 다 했답니다. 그 다음에 다들 아는 진리를 깨달았어요. 세상에 쉬운 일은 하나도 없다는 걸. 오히려 쉽다고 생각해서 더 고생한 것 같아요. 그래서 그 다음부터는 그런 기대일랑은 깨끗하게 접었습니다. 편해 보이는 길과 힘들어 보이는 길이 있으면 무조건 힘들어 보이는 길을 택했습니다. 뭐, 고민할 게 없어서 좋더군요. 그 뒤로 지금까지는 별 불만이 없어요. 역시 아큐와는 상관없는 얘기지만, 그게 죽는 길이라고 하더라도 우린 우리 나름의 방식대로 죽을 권리가 있답니다. 남들처럼 살기도 싫지만, 남들처럼 죽기도 싫어요. 저 멋진 아큐처럼.

난 아버지가 좋아한다는 그 이유만으로

난 아버지가 좋아한다는 그 이유만으로 국화주가 싫었지만 어이없게도 그 샛노란 국화주가 내 손에서 맛이 들었다.

국화를 송이째 꺾어 잘 씻은 다음 물기를 없애는 일이 가장 먼저다. 그리고 통밀을 반 시진쯤 물에 불린다. 밀이 물을 적당히 먹었다 싶으면 맷돌로 곱게 간다. 그걸 적당한 크기로 덩이를 만들어 틀에 넣고 천으로 싼다. 통나무의 위아래를 둥글게 파서 맞뚫어놓은 틀은 주로 소나무를 쓰는데, 누룩고리라고도 부른다. 그러곤 발뒤꿈치로 꼭꼭 밟아 디딘다. 밟는 질에 따라 누룩의 질이 변하고 그 누룩에 의해 술맛이 달라지기 때문에 정성을 기울여야 한다. 설렁설렁 했다가는 술맛이 대번에 떨어졌다.

(중략)

그 누룩을 뜨뜻한 온돌 아랫목에서 한 이십여 일을 띄운다. 그러곤 꺼내 이틀 정도 밤이슬을 맞혀가며 누룩 냄새를 없앤다. 그렇게 빚은 누룩을 발효시키고 나면 묽은 멥쌀죽과 혼합해 밑술을 만든다. 그 다음으로 찹쌀로 고두밥을 지어 식힌 후 밑술과 잘 섞어 독에 담는데, 이때 엿기름, 고추, 생강이 들어간다.

물은 가을에 내리는 이슬을 받아서 쓴다. 고된 작업이다. 우선은 밤이 되기 전에 풀잎들을 천으로 깨끗이 닦아 먼지나 불순물을 없앤다. 그리고 그 아래마다 작은 항아리들을 나란히 늘어놓는다. 그러면 새벽에 맺힌 이슬이 제 무게를 이기지 못하고 또르르 독 안으로 굴러떨어지는데, 철 내내 모아 합치면 술 큰 한 동이 양은 되었다.

— 먹을 만한 물이 없더냐? 유별에 유난이다.

어김없는 어머님의 핀잔이었다.

재료가 다 들어가면 마지막으로 바짝 말려두었던 감국을 넣는다. 그리고 창호지로 아가리를 막고 뚜껑을 덮어 익히면 된다.

국화주에 취한 소숙헌이 어수선함과 진지함을 번갈아 탔다. '吉人醉 善心露, 躁人醉 悍氣布길인취 선심로, 조인취 한기포'라 해서 좋은 사람은 술에 취하면 착한 마음이 나타나고 조급한 사람은 술에 취하면 사나운 기운이 나온다고 했다. 술기운에 문득문득 모자라고 헤벌어진 모습들이 비어져 나오기도 했지만 자부심이 강한 사내들이요, 명료한 지성들이었다. 반성이 뒤를 이었고, 이해하고 위로하면서 자신들만의 붕우유신을 실천했다. 내친김의 책선責善이기도 했다. 친구의 잘못에 대해 가차없이 비판하고 선한 행동을 권하는 책선은 친구 사이라면 반드시 갖춰야 하는 도이다. 그래도 맨정신에, 게다가 면전에는 부대끼는 일이었다. 간혹 편지로 이행되던 그 도리가 술 덕에 원활해지고 있었다. 나는 맺힌 것 없는 그들의 우정이 늘 부러웠다.

『달을 먹다』 27~28쪽
김진규, 문학동네, 2007

일산에는 제가 좋아하는 거리가 있습니다. 술에 취해 늘 친구들과 함께 걸어가던 그 거리의 밤은 내 인생의 행복한 시간 중 하나였습니다. 웬일인지 좋은 사람은 별로라고 생각하기 때문인지 술에 취해도 저는 별로 착해지지 않지만, 밤은, 세상은 참 착해집니다. 조금은 서늘하고, 또 조금은 뜨겁고. 하지만 하늘이 어두워서 다행이라는 생각, 여러 번 했습니다. 살아가는 동안, '잊을 수 있을까?'라는 혼잣말을 자주 중얼거렸습니다. 그 밤거리를 걸어갈 때도 그런 생각을 했습니다. 그때 친구에게 물었습니다. "우리가 이렇게 또 한 오 년 정도 술에 취해서 이 거리를 걸어갈 수 있을까?" 친구는 제게 꿈도 크다고 말하더군요. 우리가 뒤쫓는 인생의 다른 꿈들과 마찬가지로 제 꿈은 너무 사소해서 그렇게 큰 것입니다.

밤새 빗소리를 들었다

밤새 빗소리를 들었다.

임금이 장지문을 열고 마루로 나왔다. 임금은 곤룡포를 입지 않은 바지저고리 차림이었다. 임금은 당상들의 앞자리에 앉았다. 영의정 김류가 말했다.

—아침에 각 군영에서 보고가 있었사온데, 비에 젖은 자는 반이 채 안 된다 하옵니다.

임금이 대답했다.

—영상의 말은 성첩에서 멀다. 비가 온 산에 고루 내리는데, 가리개 없는 군병들이 어찌 반만 젖을 수 있겠느냐?

—포개어 입은 자는 속까지 젖지 않는다 하옵니다.

—군병들 중에 포개어 입은 자가 있고 홑겹인 자가 따로 있느냐?

—각자 제 요량으로 입고 있으니…….

—포개어 입은들, 밤새 내려 땅속까지 적신 비가 옷에 스미지 않았겠느냐? 스몄으니 얼지 않았겠느냐? 경들의 계책을 말하라. 어찌하면 좋겠느냐?

영의정 김류는 고개를 숙인 채 눈동자를 돌려서 내행전 마당에 떨어지는 빗줄기를 힐끗거렸다. 김류가 시선을 마당에 꽂은 채 말했다.

—눈이 왔으면 차라리 나았을 것이옵니다.

임금이 말했다.

—비가 오는데 눈 얘기는 하지 마라. 어찌해야 좋겠는가?

병조판서 이성구가 말했다.

—전하, 군병의 추위는 망극한 일이오나 온 산과 들에 비가 고루 내려 적병들 또한 깊이 젖고 얼었으니, 적세는 사납지 못할 것이옵니다.

임금은 눈을 들어 천장을 바라보았다.

—그렇겠구나. 그래서 병판은 적의 추위로 내 군병의 언 몸을 덥히겠느냐? 병판은 하나마나한 말을 하지 말라.

이성구가 엎드린 어깨를 움찔했다.

—전하, 비가 올 만큼 왔으니 이제 해가 뜰 것이옵니다.

임금이 손바닥으로 마루를 쳤다.

—군병이 얼고 젖으니, 병판은 해뜨기를 기다리는가?

이성구가 허리를 더욱 낮추었다.

—전하, 백성은 사시四時와 더불어 사는 것이고 군병에게 풍찬노숙은 본래 그러한 것이옵니다. 해가 떠서 옷을 말리면 군사는

다시 원기를 회복할 것이옵니다. 성심을 굳게 하소서. 전하.

임금의 시선은 천장에 박혀 있었다.

— 병판이 기다리지 않아도 해는 뜬다. 떠서 적의 옷을 말릴 것
이다. 어찌하면 좋겠느냐?

영의정 김류가 말했다.

— 전하, 자꾸 어쩌랴 어쩌랴 하지 마옵소서. 어쩌랴 어쩌랴 하
다 보면 어찌할 수 없는 지경에 이를 것이옵니다. 받들기 민망하
옵니다.

임금이 말했다.

— 알았다. 내 하지 않으마. 경들도 하나마나한 말을 하지 말라.
그러나 어찌해야 하지 않겠느냐?

『남한산성』 62~64쪽
김훈, 학고재, 2007

남쪽 바다 옆에 사는 친구 집에 놀러 갔지요. 나이가 다 들어서 결혼한 친구입니다. 결혼 소식이 들려서 얼마나 좋아했는지 몰라요. 늦게 결혼해서인지 바로 아이를 낳았더군요. 그래봐야 이제 겨우 17개월. 친구의 환갑에 대학생이 될 예정입니다. 그러거나 말거나, 예쁘더군요. 옹알옹알. 야단법석. 그 꼴을 보며 거실에 앉아 있는데, 뉴스가 방송되더군요. 정치 얘기들, 있잖아요. 저 사람들은 왜 저렇게 극단적일까? 우린 이토록 평범한데. 제가 말했어요. 그러게. 좀 타협하고 살면 될 텐데. 친구도 말했어요. 타협이 안 되는 이유가 뭘까? 글쎄…… 아마도 그건 극단적인 사람일수록 하나마나한 소리만 반복하기 때문이 아닐까요? 어찌하면 좋겠느냐고 물어봐도 그 사람들은 하나마나한 소리밖에는 안 한답니다. 했던 소리 또 하고 또 하고 해서 우리를 지치게 만들 속셈인지도 몰라요. 아름답고 고귀한 말들일수록 하나마나한 소리일 가능성이 많지요. 너무 훌륭하고 고귀한 말들이라면 웬만한 사람들은 행동으로 옮기기도 벅찰 테니까요. 아기들, 누워서 떠들어대는 소리를 옹알이라고 한다죠. 그 말들은 옹알이보다도 못한 소리일 뿐입니다.

그래서 그는 노래를 불렀다

그래서 그는 노래를 불렀다. 공포가 더 이상 들리지 않게 큰 소리로 노래를 불렀다. 한숨소리도 안 들리고 땀이 얼어붙지도 않도록 그는 노래를 불렀다. 그러자 이제는 공포가 들리지 않았다. 크리스마스 캐롤을 부르자 이제 그는 한숨소리가 들리지 않았다. 러시아의 숲 속에서 그는 큰 소리로 크리스마스 캐롤을 불렀다. 러시아의 숲 속 검푸른 나뭇가지에 눈이 매달려 있었다. 많은 눈이.

그런데 갑자기 큰 가지 하나가 뚝 부러졌다. 기관총 사수는 숨을 죽였다. 그러고는 이리저리 돌아다녔다. 그는 피스톨을 뽑아 들었다. 그때 상사上士가 눈 속을 껑충껑충 뛰어 그에게로 다가왔다.

이제 나는 총살당할 거야. 기관총 사수가 생각했다. 초소에서 노래를 불렀으니 나는 이제 총살당하고 말 거야. 어느 사이에 상사가 다가온다. 그의 뛰는 꼴이라니. 초소에서 노래를 불렀기 때문에 이제 그들이 와서 나를 총살하려는 거야.

그래서 그는 피스톨을 단단히 손에 잡았다.

상사가 가까이 와서 그의 앞에 멈추어 섰다. 주변을 둘러보았다. 달려들었다. 그러고는 헐떡거렸다.

아이쿠, 날 좀 잡아주게, 응. 아이쿠! 원 참! 그러고는 그는 웃었다. 두 손을 향해 달려들었다. 그렇지만 웃으며 말했다. 아직 크리스마스 캐롤이야. 이 저주받은 러시아의 숲 속에서 크리스마스 캐롤이라니. 지금이 2월이 아닌가? 이미 2월이 아닌가 말야. 그런데 크리스마스 캐롤을 듣게 되다니. 이 무서운 정적 때문이네. 크리스마스 캐롤이라니! 아이구, 또! 여보게 나를 좀 꼭 잡아주게. 좀 조용히 해. 자! 아니 이제 끝나버렸잖아. 웃지 말게. 상사는 말하고 나서 다시 헐떡거리며 기관총 사수를 꼭 붙잡았다. 자네, 웃지 말게. 그렇지만 그것은 정적 때문이야. 몇 주씩이나 계속되는 이 적막함. 쥐새끼 소리 한번 안 들린다! 아무 소리도! 그런데 어느 사이에 크리스마스 캐롤이 들리는 거야. 이미 때는 2월인데. 그렇지만 그것은 눈 때문이지. 여기에는 눈이 참 많기도 하다. 어이, 웃지 말게. 그것이 사람을 미치게 한단 말야. 자네는 이제 겨우 이틀째 여기 있지. 그렇지만 우리는 벌써 여러 주째 눈 속에 앉아 있다네. 숨소리도 없이. 아무 소리도 없이. 그것이 사람을 미치게 하지. 끝없이 천지가 조용하다. 숨소리조차 안 들린다. 몇 주 동안을. 그런데 점차 크리스마스 캐롤이 들린단 말야. 응. 웃지 마. 그런데 내가 자네를 보자마자 갑자기 노래들이 사라져버렸어. 아이구, 사람을 미치게 만든다니까. 이 영원한 정적이. 이 영원한.

상사가 아직도 헐떡거렸다. 그러고는 웃었다. 그를 꼭 잡았다. 그래서 기관총 사수도 그를 다시 간단히 붙잡았다. 그러고는 둘이서 웃었다. 러시아의 숲 속에서. 이월에.

「積雪」, 『이별없는 世代』 9~11쪽
보르헤르트, 김주연 옮김, 민음사, 1975

한 십 년 전쯤에 박완서 선생님께서 하신 말씀이 아직도 잊히지 않네요. 그때는 잡지사에 다닐 때였습니다. 기자 일 하랴, 소설 쓰랴, 여간 힘들지 않았죠. 앞날도 캄캄했구요. 이렇게 힘든데 꼭 소설 같은 거 쓰고 살아야 하나? 뭐 그런 생각이 들더라구요. 그래서 선생님께 "선생님은 이제 소설 쓰는 게 하나도 힘드시지 않으시겠어요?"라고 여쭤봤어요. 그 다음 말은 "정말 좋으시겠어요. 부럽습니다"쯤이 될 텐데, 그 말은 차마 못하겠더라구요. 그랬더니 선생님께서는 소설의 달인처럼 '소설 안 써봤으면 말을 하지 마'라는 표정을 지으시더니, 제게 이렇게 말씀하시더라구요. "다른 기술 같으면 삼십 년 했으면 눈 감고도 잘할 텐데, 소설은 새로 쓸 때마다 처음 쓰는 것처럼 힘들어요." 선생님, 그때 그 말씀 덕분에 큰 도움을 받았습니다. 그때나 지금이나 소설 쓸 때마다 죽을 것 같은데, 그게 원래 그렇다는 거 그때 처음 알았거든요.

"왜 웃어?"

"왜 웃어?"

"네가 먼저 웃었잖아?"

"내가 언제?"

"너 방금 웃었잖아?"

"내가 언제? 내가 언제? 내가 언제?"

"그래 안 웃었어. 미안해. 내가 잘못 봤어."

"아니…… 그게." 미나의 표정이 굳는다. "사실은 웃었어."

수정이 고개를 끄덕인다. "괜찮아. 웃어. 웃어. 우는 것보단 낫네."

"난 미친 거야."

"야. 넌 정상이야. 네가 왜 미쳐?"

"웃고 싶지 않은데 웃는 걸 보면 미친 거지."

"그런 네가 좋아." 수정이 웃는다. 미나도 따라 웃는다.

"근데 걘 왜 죽은 거야? 왜 죽었을까? 아무리 생각해도 모르겠어. 좌절감. 뭐 그런 거? 그런데 좌절감이 도대체 뭐야. 나는 좌절같은 거 안 해. 알잖아?" 미나는 대답이 없다. 수정이 한숨을 쉰다. "요즘 나는 크레이프 포장지를 던져서 재수 없게 거기에 맞은사람을 죽이고 싶어. 아니. 거기 맞은 사람만 빼고 다. 죽여버리고싶어."

"총이 있으면 편할 텐데. 그치 않냐? 멀리서 보고 다 쏴 죽이면 되잖아."

"총 쏘기도 쉽지가 않아. 무겁대. 그리고 사람은 막 움직이고 총알은 조그맣잖아."

"너도 막 움직이면서 쏘면 되지. 야 다 왔어. 내려."

수정과 미나는 올드타운의 한가운데에서 내린다. 둘은 거대한 다리 아래를 지나 왕복 십이차선 도로를 가로지른다.

『미나』 135~136쪽
김사과, 창비, 2008

처음으로 마라톤 풀코스에 도전했을 때의 일입니다. 출발선에 서 있는데, 얼마나 기분이 좋았는지 몰라요. 마치 세계적인 마라토너라도 된 듯한 느낌이었죠. 마침내 출발 신호가 울리고 다른 참가자들과 함께 달리기 시작했습니다. 멋지더군요. 그러니까 세 시간이 지나기 전까지는. 그 다음부터는 뭔가 불길한 기운이, 온 우주가 나를 막아서는 듯한 느낌이 들었습니다. 우주 전체가 저를 밀어대는데, 제가 무슨 수로 완주를 하겠습니까? 그렇게 첫 시도에서 그만 저는 달리기를 포기하고 말았습니다. 외롭고 또 야속하더군요. 저 하나 완주하는 걸 막으려고 온 우주가 동원되다니요. 그 다음 몇 달간 곰곰이 생각했습니다. 어떻게 하면 완주할 수 있을까? 그 다음 대회에서 저는 그 방법을 터득할 수 있었습니다. 왜냐하면 결국 저는 완주했으니까. 뭔가가 우리를 막아설 때, 우리가 할 수 있는 유일한 해결책은 그걸 뚫고 지나가는 일입니다. 계속 달리세요, 끝까지. 멈추지 말고, 계속 움직이세요.

오히려 나는 가만히 있으면서

오히려 나는 가만히 있으면서 다른 사람들의 얘기를 듣고 다른 사람들을 바라보고, 다른 사람들을 관찰하는 걸 좋아했다. 나는 지어내거나, 아니면 거짓말하기 위해, 다른 사람들의 목소리 안에 나 자신을 감추기 위해, 내 목소리를 이용해 다른 사람들이 나에게 듣기 원하는 말을, 아니면 내가 적절하다고 생각하는 말을 했다. 나는 사랑이 담긴 말을 뱉어내며, 그 말이 진실인지는 확인하지도 않았다. 하지만 그 말을 하는 동안은 진실이라고 믿으려 노력했다. 나는 나란 사람 밖에서, 말들이 무성한 숲에서 살고 있었다. 나는 고독을 견디지 못하고 누군가를 성급히 찾기 위해 나 자신을 떠났다. 친구든 여자든, 누구라도 상관없었다. 집을 나설 때처럼 말들 속에서 길을 잃고 헤매기 위해 나 자신을 떠났다. 바의 웃음소리와 음악 소리는 내 의식을 멍하게 만들었다. 그곳에서는 통역실 안에 갇혀 헤드폰에서 정신없이 울려대는 말들을 쫓을 때처럼, 이유도 없이 나를 쫓아다니는 말들을 내 주변에서 들을 수 있었다. 대화문이나 연설문의 파편들, 네댓 개의 언어로 동시에 발음되는 수백, 수천, 수백만 개의 단어들. 그 말들은 그 어느 것도 나와 상관없었고, 어떤 종류의 진실도 담겨 있지 않았다. 나는 더 이상 그 말들을 듣지 않고, 내가 도망쳐 나왔던 침묵으로 되돌아갔다. 그 말들이 나를 좌절시켰지만 그 말들이 사라지면 나는 살아갈 수도 없다. 혼자 내버려진 사실을 깨달은 장님처럼 그 말들을 듣지 않으면 두려워졌다. 나는 음반을 올려놓고, 라디오를 켜고, 옆집에서 들려오는 목소리들을 듣기 위해 가만히 있었다. 나는 내 그림자와 장황하게 대화하며 나에게 명령과 충고들을 했다. 더 이상 그 여자를 만나지 마. 그만 마셔. 쓰레기봉투 버리는 거 잊지 마. 일어나, 9시 20분 전이야. 방금 식당 안으로 들어온 금발 여자를 놓치지 마. 아니면 펠릭스와 전화 통화하는 장면을 상상하며 말했다. 나는 절대 종이에 옮겨 적지 않은 편지들을 그에게 썼다. 나는 다른 목소리를 내서 누군가와 이야기했고, 그러면 그의 억양이 나에게 전이되었다. 하지만 나에게는 늘 있는 일이었다. 다른 사람들의 의견이나 심리 상태는 매번 똑같이 금세 나에게 전이되었다. 때문에 나는 반대 입장에서 말하는 사람에게 넘어가지 않고서는 토론을 지속할 수도 없고, 언어를 배우는 것도, 목소리를 흉내 내는 것도 전혀 어렵지 않았다. 펠릭스는 내가 복화술사로 벌어먹고 살아도 된다고 한다. 그것은 마치 움직이지 않고 다른 나라를 여행하는 것과 같다. 그것은 영혼과 기억, 정체성까지 바꾸는 것과 같다. 그리고 나의 정체성은 내가 잠깐 방심하는 사이에 내게서 얼른 도망친다. 나는 일인칭 단수 형태로 남아 있을 줄을 모른다. 그리고 일인칭 복수도 거의 사용해보지 않았다. 사기 친다는 느낌 없이, 아니면 도망친다는 느낌 없이, 내가 말하는 내용과 대화 상대방을 지어내지 않고, 지금에야 나와 우리라는 말을 사용할 수 있다는 생각이 든다. 하지만 나는 절대 그래본 적이 없어, 지금이 최고야, 라는 말이 두렵다. 연인들은 그 말을 반복해서 사용하는 걸 좋아한다. 틀림없이 당신과 나도 다른 사람들에게 그 말을 했을 것이다. 나는 지금까지 그 어느 누구도 당신만큼 사랑하지는 않았다. 나는 지금이 그 어느 때보다 행복하다. 지금처럼 이렇게 즐거워본 적이 없다. 나는 당신을 만났을 때는 그 말을 증오했었다. 나는 대충 담배를 끊듯이 사랑을 치유하겠다고 작정했었다. 나는 사랑의 권위와 허망함, 존재하지 않는 존재감에 반항했다. 갖가지 언어로 어지러울 정도로 사랑을 얘기하는 모든 노래들과 모든 책들, 모든 영화들. 모든 연인들은 절대 그래본 적이 없어, 라고 말하며 영원을 맹세한다. 모든 사람들이 사랑을 기다리거나, 아니면 사랑하는 척하거나, 사랑을 하거나, 사랑을 그리워하거나, 사랑 때문에 미친 듯이 고통을 받는다. 사람들은 아무것도 아닌 것을 가지고, 책을 읽은 것만으로도, 아니면 사랑 노래를 듣는 것만으로도 고통을 받는다. 사랑하지 않을 때면 사랑을 얻기 위해 죽으려 하고, 사랑을 쟁취하기 위해 돈을 쓰고 거짓말하고 자존심도 내팽개치면서 고통을 받는다. 권태와 환멸, 또는 단순히 도망치고 싶다는 마음 때문에 고통을 받는다. 사랑을 얻은 후에는 침대에서 혼자 있고 싶은 마음 때문에 숨 막혀 죽을 듯한 고통을 받는다. 애무하는 척, 오르가슴에 이른 척하면서 고통을 받는다. 그 단어가 대체 뭐란 말인가. 그 단어는 금지시켜야 할 것이다.

『폴란드 기병 (하)』 572~575쪽
안토니오 무뇨스 몰리나, 권미선 옮김, 을유문화사, 2010

독일 바이에른의 중세도시인 밤베르크에 갈 일이 있으시다면, 분명 시청 양옆으로 놓인 두 개의 다리를 건너갈 겁니다. 거기서 운하를 따라 왼쪽으로 걸어가보세요. 스페인음식점이 있는 골목이 나올 텐데, 그 골목의 끝에 17세기에 지은 건물인 빌라 콘코르디아가 있습니다. 거기 2층 방에서 어느 해 여름부터 가을까지 신세를 진 일이 있습니다. 높은 천장에 양각으로 무늬를 새기고 군데군데 색을 칠했더군요. 밤에 자다가 깨면 운하 부근의 가로등 불빛 덕분에 그 무늬가 눈에 들어오곤 했습니다. 새벽에 혼자서 깨어 그 무늬를 보는 일은 쓸쓸했습니다. 여기는 어디인가? 언제나 그런 생각이 제일 먼저 들었죠. 가끔은 최초로 그 방을 사용한 사람이 누구일지 상상하기도 했습니다. 그일지, 그녀일지, 아마도 죽었겠지요. 그가, 혹은 그녀가 사랑한 사람도 죽었겠지요. 그런 생각을 하면 이상해요. 집은 안 죽는데 사람은 죽는다는 게. 그 집을 떠나오면서 지하 서재에 제 책을 남겨놓았습니다. 어쩌면 세상에서 가장 외로운 책일지도 모르겠어요. 한글을 읽을 줄 아는 사람은 좀처럼 빌라 콘코르디아를 찾아가지 않을 테니까. 그러니 혹시 밤베르크에 갈 일이 있으면, 빌라 콘코르디아를 들러주세요. 거기서 제 책을 읽어주세요. 그 책이 고독하지 않게.

카산 자이드 아메르가 들려준 이야기다

카산 자이드 아메르가 들려준 이야기다.

한 강사가 강의를 시작하기에 앞서 이십 달러짜리 지폐를 들고 물었다.

"이 이십 달러짜리 지폐를 갖고 싶은 분 있습니까?"

여러 명의 손이 올라가는 것을 보고 강사가 말했다.

"드리기 전에 할 일이 좀 있습니다."

그는 지폐를 구겨 뭉치고는 말했다.

"아직도 이 돈 가지실 분?"

사람들이 다시 손을 들었다.

"이렇게 해도요?"

그는 구겨진 돈을 벽에 던지고, 바닥에 떨어뜨리고, 욕하고, 발로 짓밟았다. 이제 지폐는 더럽고 너덜너덜했다. 그는 같은 질문을 반복했고 사람들은 다시 손을 들었다.

"이 장면을 잊지 마십시오."

그가 말했다.

"내가 이 돈에 무슨 짓을 했든 그건 상관없습니다. 이것은 여전히 이십 달러짜리 지폐니까요. 우리도 살면서 이처럼 자주 구겨지고, 짓밟히고, 부당한 대우를 받고, 모욕을 당합니다. 그러나 그 모든 것에도 불구하고, 우리의 가치는 변하지 않습니다."

『흐르는 강물처럼』 276~277쪽
파울로 코엘료, 박경희 옮김, 문학동네, 2008

예전에 로또복권에 당첨된 사람이 불과 몇 년 만에 당첨금을 모두 탕진하고 범죄를 저질렀다는 뉴스를 본 일이 있습니다. 그때 예전에 책에서 읽은 복권당첨자의 6개월 법칙을 떠올렸습니다. 한 학자가 복권에 당첨되고 나서 사람들이 얼마나 행복해졌는지 조사한 일이 있다고 하지요. 복권에 당첨된 그 순간, 남녀노소를 막론하고 모든 당첨자들의 반응은 똑같았다죠. 뭐, 무진장 기뻐했겠죠. 괴로워하기야 했겠습니까? 그런데 6개월이 지나니까 원래대로 다 돌아가서 걱정만 하던 사람은 다시 걱정만 하고, 웃던 사람은 다시 웃기만 했다네요. 어떤 일이 벌어지든 우리는 원래 우리의 모습으로 살아갈 수 있답니다. 그렇다면 원래 우리는 어떤 모습이었을까요? 두 주먹 불끈 쥐고 이 세상에 태어난 사람들이죠. 그렇다면 우린 갓난아기 때부터 꽤 멋진 사람들이었어요. 그러니 두 주먹 불끈 쥐고 웃으세요. 설사 복권에 당첨되지 않는다고 하더라도.

그들은 앉아 있었고

그들은 앉아 있었고, 사령관은 서서 위협적으로 그들을 내려다 보았다. 그러더니 이렇게 말을 꺼냈다.

"나는 카르타지네의 그 로마인처럼 평화냐 전쟁이냐, 사느냐 죽 느냐 하는 문제를 옷 속에 넣어 너희들에게 가져왔다. 나는 너희 들의 정신을 이해하고 그것을 높이 평가한다. 육체적 고통 속에서 도 고집스럽게 침묵을 지킨다는 것은 누구나 할 수 있는 일은 아 니다. 고문과 회유가 아무 소용이 없었지만 지금 내가 너희에게 하는 제안은 아마 솔깃할 것이다. 왜냐하면 이번에는 죽음과 치 욕 사이에서 선택하는 문제가 아니라 두 종류의 치욕, 즉 치욕을 안고 사느냐와 치욕을 안고 죽느냐 사이에서 선택하는 것이기 때 문이다."

사령관은 돌연 말을 멈추고 입술을 깨물었다.

"미안하다. 내가 너무 많이 고대사를 읽은 모양이다. 덜 엄숙하 고 더 냉정하게 말하겠다. 자, 너희들 두목 이름을 대라. 알아둘 것은 나는 너희에게 신념을 배신하라고 요구하는 게 아니다. 단지 사람 하나를 배신하면 된다. 누가 배신했는지 다른 사람들은 물 론 나도 모르게 할 것이다. 철저히 비밀로 감춰지기 때문에 자기 자신 이외에는 그 누구 앞에서도 수치심을 느낄 필요가 없다. 내가 인간의 속성을 잘 아는데, 수치심은 쉽게 잊히는 법이다. 그 수치심에 대한 보상으로 지방 총독인 내가 국왕 폐하의 이름으로 너희 모두를 사면하고 아르헨티나 식민지로 추방시켜주겠다. 물론 사태가 진정되면 너희들이 원할 경우 귀국할 수도 있다."

아무런 대답이 없자 사령관은 계속했다.

"하룻밤이 남았다. 그 여덟 시간 동안 목숨을 구하는 게 좋을지, 아니면 헛된 영광을 쫓는 게 좋을지 생각해보아라. 협상 조건이 마음에 들거든 이렇게 하면 된다. 관례상 죄수들은 처형당하기 전날 밤 감방을 나와 아래층에 있는 위안실에서 족쇄 없이 지낸다. 그곳에는 벌써 신부 한 명이 너희들을 기다리고 있다. 조금 이따 그곳에 가면 내일 축제에 초대된 다섯 번째 손님과 너희 모두를 위한 편안한 침대, 그리고 탁자 위에 놓인 네 개의 백지를 보게 될 것이다. 너희들 편할 대로, 하지만 가능한 천천히 해주길 바라는데, 그 백지 위에 각자 다른 죄수들 모르게 거부를 뜻하는 가새표를 하든가, 아니면 내가 너희들에게 물은 이름을 적어 넣으면 된다. 표시를 한 다음 종이를 작은 상자 속에 넣는 거다. 내일 아침 내가 돌아와서 확인했을 때, 가새표가 그려진 종이가 네 개라면 너희들은 죽게 된다. 반대로 누가 썼는지는 모르겠지만, 단

한 개라도 이름이 적혀 있다면, 네 사람 모두 목숨을 구하게 될 것이다. 누가 배신했는지는 아무도 모를 것이다."

이때 남작이 자기 앞의 바닥에 침을 뱉었다. 잠시 후 다른 죄수들도 침을 뱉었다.

『그날 밤의 거짓말』 37~40쪽
제수알도 부팔리노, 이승수 옮김, 이레, 2008

저도 침을 뱉습니다. 어릴 때부터 저는 단체행동이라는 말을 참 싫어했거든요. 그게 뭡니까? 제가 아무리 노력하고 잘하더라도 결과에 아무런 영향을 주지 못할 수도 있다는 뜻이잖아요. 그렇다면 왜 열심히 꿈을 좇으며 살겠냐구요? 남들만큼만 하면 되는 일일 텐데. 그래서 단체행동이란 다들 손해 보게 만드는 일이라고 생각했어요. 그런데 살아보니까 그게 아니더라구요. 우리가 단체행동을 하면 반드시 누군가는 이익을 보더라구요. 누구냐 하면 단체행동을 시키는 사람들이죠. 이 소설에 나오는 사령관처럼. 누군가 배신하면 주동자의 이름을 알아낼 수 있으니까 그걸로 좋고, 아무도 배신하지 않는다면 죄책감 없이 다 죽일 수 있으니까 그걸로 또 좋은 거죠. 우리, 가능한 한 단체행동을 시키는 사람이 되도록 합시다. 하지만 그럴 수 없다면, 누가 시키더라도 자신의 의사에 반하는 단체행동은 절대로 하지 말기로 해요.

"먼저 가."

"먼저 가."
"먼저 가."

종내 아빠라는 말은 나오지 않았다. 버스가 출발했다. 아버지는 맨 뒷좌석에 앉아 돌아서서 손을 팔랑팔랑 흔들었다. 그런데 아버지의 눈이 빨개진 것 같았다. 나는 확인하기 위해 조금 더 가까이 다가갔다. 버스가 차츰 속도를 내기 시작해서 자전거 페달을 세게 밟아야 했다. 나는 오른손을 자전거 손잡이에서 떼어 아버지에게 흔들었다. 아버지는 열렬하게 두 손은 흔들어 응답했다. 입을 벌리고 얼굴을 일그러뜨린 채. 정말 우는 건가, 유치하게? 나는 엉덩이를 쳐들고 페달을 밟았다. 아버지가 창문으로 고개를 내밀고는 소리쳤다.

"뭐, 뭐라고?"

다시 페달을 열나게 밟는데 식당에서 웬 강아지가 한 마리 튀어나왔다. 반사적으로 왼손 브레이크에 힘을 주었다. 자전거가 급정거하며 내 몸이 공중을 돌아 바닥에 내동댕이쳐졌다. 온몸이 다 부러진 것처럼 아팠다. 얼마나 아픈지 눈물이 퍽 쏟아졌다.

"괜찮아?"

버스를 세우고 뛰어온 아버지가 꿇어앉아서 물었다. 하마터면 아버지의 품에 달려들 뻔했다. 나는 아직 어린 게 분명하다. 아버지 뺨에 눈물이 얼룩져 있었다. 아버지도 어리다. 하긴 우린 나이 차이가 열몇 살밖에 안 되니까.

"내가 뭐 죽고 못살 데를 끌려가는 것도 아니구만, 너 왜 그러냐?"

아버지가 내 눈을 닦아주며 말했다. 터진 입안에서 피맛이 났다. 눈물이 더 났다.

"어이구, 내 아들."

아버지가 나를 조심스럽게 끌어안았다.

답문자를 보냈다.

— 문자 보내다가 걸리면 더 갇혀 있어야 하는 거 아냐? 조심하라구.

사람 구경하기 힘든 산속에 있는 알코올중독자 요양시설은 환자 맘대로 전화하는 게 금지된 곳이니 아버지는 요양시설 직원 누군가의 휴대전화를 훔치거나 빌렸을 것이다. 좀 더 빨리 답을 보냈어야 했는지도 모른다. 퇴원을 며칠 앞두고 그사이를 못 참아 문자를 보내고 있는 것이다.

— 뭐 제대 말년인데 마음이 아쉽고 허전해서…… 쏘주 한잔했다.

이럴 줄 알았다. 알코올중독자 치료하는 데서 소주를 한잔하면서 회포에 젖는 사람이 내 아버지다.

　—그럴 거면 뭐하러 거기까지 갔어? 장난해?

　나는 화를 내는 척했다.

　—반성중.

　재빠르게 문자가 날아왔다.

　—맨날 반성만 하면 뭘 하느냐구? 고쳐지는 게 없는데. 지겨워 정말.

　다음 문자는 뻔하다.

　—미안.

　여기서 더 나가면 눈물이다. 이모티콘 눈물이 아니라 진짜로 뜨거운 눈물을 뚝뚝 흘릴 것이다. 내 아버지의 이름은 최상열, 지금은 눈물중독자다.

「지금 행복해」, 『지금 행복해』 72~75쪽
성석제, 창비, 2008

알코올중독자는 아니지만, 술 마시고 나면 저도 맨날 반성만 합니다. 말도 많았고, 너무 빨리 취했고, 기억도 잘 안 나고, 심지어는 일찌감치 잠들었으며, 다음 날 깬 뒤에는 속도 아팠거든요. 그러면 술 따위는 다시는 마시지 말아야겠다고 생각합니다. 하지만 그렇게 다짐한들 바뀌는 건 하나도 없어요. 또 술을 마시면 기분이 좋아져서 떠들어대고, 남들보다 한 잔이라도 더 마시려고 하고, 취하면 아무 데서나 잠듭니다. 알코올중독자는 절대로 아니지만, 덕분에 음주 후 반성의 달인이랄까. 반성이라는 게 있으니 얼마나 다행입니까? 반성이 없었다면 저는 벌써 오래전에 속 쓰려서, 정신이 혼미해서, 어쩌면 창피해서 죽었을지도 몰라요. 그러니 사람이 달라지든 달라지지 않든, 우리는 계속 반성합시다. 그 다음에는 반성한 인간으로서의 존엄을 지켜 고개 빳빳이 치켜들고 사는 겁니다. 설사 눈에서 진짜 눈물이 뚝뚝 흐르더라도 반성인의 명예를 실추시키지 말고 아무 일도 없다는 듯이 새로 사는 겁니다.

눈물이 나왔는데, 어느 정도 그냥 울어버렸다

눈물이 나왔는데, 어느 정도 그냥 울어버렸다. 야야, 왜 그래? 치수가 면박을 주었지만 그 야야, 왜 그래를 가지고도 세 곡 이상의 발라드를 만들 수 있을 것 같았다. 야, 못… 그러니까 따를 당하는 거야 이 바보야, 널 처음 봤을 때 어떤 느낌이었는지 아냐? 아, 아니. 말하자면 저건… 무슨 이미테이션이 아닌가, 그런 느낌이었어. 이미테이션? 그러니까 진짜 너는 어딘가 다른 곳에 살고, 눈앞의 이건 짝퉁이다… 뭐 그런 느낌이지. 예를 들어 어쩌다 동전이 여러 개 생겨 심심풀이로 뒤집어보다가… 그런 거 있잖아, 믿기지 않을 만큼 오랜 1977 같은 숫자가 찍힌 거… 그런가 하면 정말 눈부신 바로 올해의 연도가 찍힌 것도 있다는 얘기야, 그런데 너는 봐도 아무 느낌이 없는 연도, 말하자면 2003이라든지… 모르겠다, 뭐 그렇다는 얘기야. 아무튼 내 얘기는 앞으로는 좀 존재감 있게 살라는 얘기다, 알겠냐? 예, 아, 으응. 예는 뭐고 응은 또 뭐냐, 그건 그렇고… 어쨌거나 못! 그리고 치수는 새 담배를 꺼내 물었다. 순간 달의 뒷면이라 여겨도 좋을 만큼 주위가 고요해졌다.

그동안 미안했다.

알파벳의 가장 긴 단어가 무엇이었더라? 나는 생각했다. 기네스북에도 오른 단어가 있는데, 또 산소통을 지지 않고 에베레스트에 오른 최초의 인물이 누구였더라, 게다가 인류가 도달한 심해의 최저 수심은 과연 몇 미터인가, 라이트 형제는 몇 번의 실패 끝에 시험비행에 성공했으며, 가장 지름이 긴 꽃의 이름은 무엇인가, 역사상 열대우림지역의 최대 강수량은 얼마였으며, 사하라는 과연 언제 어느 때 바다의 밑바닥이었나,를 나는 생각했다. 그리고 그런 생각과는 아무 상관 없이 나는 펑펑 눈물을 쏟았다.

고마워

그래서 이상하게 고맙다는 말이 나왔다. 알파벳의 가장 긴 단어보다도 복잡한 구조의 '고마워'였다.

『핑퐁』 102~103쪽
박민규, 창비, 2006

저는 가톨릭 세례를 받은 사람이에요. 성 프란체스코와 성녀 글라라의 이야기를 읽다가 감동해서 혼자서 성당을 찾아갔어요. 스무 살 무렵의 일이에요. 처음 고백성사를 할 무렵의 일이었는데, 고해소에 들어가 신부님에게 "지난주에 저는 누군가를 죽이고 싶었습니다"라고 말해버렸습니다. 진짜 그런 마음이 들었거든요. 그랬더니 신부님이 깜짝 놀라며 "어떻게 그런 생각을 할 수 있습니까?"라고 되물으시더군요. 생각이니까 그냥 괜찮은 줄 알았더니만, 그게 아니었던 모양입니다. 살다 보면 생각이라도 내 마음대로 하고 싶을 때가 있잖아요. 고해소를 나와 신부님이 시키는 대로 몇 가지 기도를 하고 성당 길을 걸어 내려왔어요. 그즈음에는 이미 후회하고 있었죠. 스스로 나약하다고 생각하면서. 그런 나약함도 힘이 된다는 건 나중에야 알았어요. 성녀 글라라는 이런 글을 쓴 적이 있어요. "이미 쓰러진 사람을 누가 쓰러뜨릴 수 있으리오?" 그리고 보니 제가 성당에 나가야겠다고 마음먹었던 것도 그런 글들 때문이었군요.

물론 나는 식탁 옆에서

물론 나는 식탁 옆에서 머리를 눌리고 있어 친구들을 제대로 볼 수 없었다. 그러나 토스터기에 비친 아이들의 모습이 대충은 보였다. 아버지는 내 머리에 난 구멍을 발꿈치까지 밀어 넣을 듯한 기세로 세게 눌렀다. 그러면서도 아버지는 내게 조금도 위안이 되지 않는 말을 닥터 알츠하이머에게 쏟아냈다.

"피가 얼마나 흘렀는지 상상도 못할 겁니다. 헤엄이라도 칠 정도라고요!"

전화기 반대편에서는 닥터 알츠하이머가 아직도 상황을 파악하지 못한 듯 느긋한 목소리로 말했다.

"곧 갈 수 있을 겁니다. 지금은 안 돼요. 골프 중계를 보고 있거든요. 벤 호건이 지금 기적 같은 경기를 펼치고 있단 말입니다. 벤 호건이 생애 최대의 경기를 하는 모습을 놓칠 수는 없지 않겠습니까? 그런데 피가 멈추기는 했습니까?"

"지금도 노력 중입니다."

"좋아요, 잘하고 계십니다. 벌써 피를 상당히 흘렸을 겁니다. 그런데 꼬마 녀석이 아직 숨은 쉬고 있겠죠?"

"그런 것 같습니다."

나는 아버지에게 고개를 끄덕여 보였다.

"예, 아직 숨을 쉬고 있습니다."

"다행이로군요. 잘됐습니다. 일단 이렇게 해보십시오. 아스피린 두 알을 먹이고, 가끔 쿡쿡 찔러서 녀석이 의식을 잃지 않았는지 확인하십시오. 어떤 일이 있어도 의식을 잃도록 내버려둬서는 안 됩니다. 자칫하면 그 불쌍한 녀석이 정말로 죽을지도 모릅니다. 중계가 끝나는 대로 곧 가겠습니다. 저런! 호건이 친 공이 그린을 지나 러프에 빠졌어요!"

그리고 닥터 알츠하이머가 수화기를 내려놓았는지 전화가 끊어진 신호음이 들렸다.

다행히 나는 죽지 않았다. 아버지가 내 의식을 확인하는 일을 세 시간 동안이나 잊은 덕분에 낮잠까지 늘어지게 잘 수 있었다. 여하튼 네 시간 후에는 머리에 붕대를 칭칭 감은 채 침대에 앉아 편히 쉬면서 초콜릿 아이스크림을 통째로 먹고 있었다. 또 왕처럼 버티고 앉아 친구들의 위문을 받았다. 선물을 가져온 친구에게 나를 먼저 만나는 특별한 우선권까지 베풀면서! 닥터 알츠하이머는 약속한 시간보다 훨씬 늦게야 도착했다. 하지만 내 침대에 걸터앉아 바비 존스^{Bobby Jones} 등의 골프 선수를 아느냐고 물으면서 대부분의 시간을 보냈다. 내 머리의 상처는 들여다보려 하지

도 않았다. 닥터 알츠하이머는 왕진비도 아주 합리적으로 받지
않았을까 싶다.

『빌 브라이슨의 재밌는 세상』 66~68쪽
빌 브라이슨, 강주헌 옮김, 추수밭, 2008

스페인 안달루시아의 항구 도시 말라가에 간 적이 있습니다. 기차에서 내려서 택시를 탔는데, 오자마자 바가지를 썼습니다. 더 안타까운 것은 바가지를 쓴다는 사실을 알고 있었음에도 그걸 택시 기사에게 전달할 수 없었다는 점이죠. 대학교 시절에 스페인어를 공부하지 않은 게 천추의 한이었습니다만, 또 그런 생각도 들었어요. 여기서 내가 화를 낸다면 저 사람에게 권력이 있다는 뜻이 아닌가. 그래서 웃으면서 미터기를 가리켰습니다. 20유로를 줬는데, 기사가 자진해서 내놓은 건 5유로였습니다. 돌아서 갔기 때문에 그 사람은 이미 그 이상을 챙겼죠. 어쨌든 그렇게 해서 우린 둘 다 최소한 5유로씩은 챙겼습니다. 아직 숨은 쉬고 있습니까? 물론이죠. 이런 식이긴 하지만. 다행이죠. 잘됐습니다.

저녁에 도미니크와 카트린느는

저녁에 도미니크와 카트린느는 기도를 하는 둥 마는 둥 했다. 그들은 서로 말을 나누고 싶은 욕구를 느꼈다. 그들은 프랑스말을 했고 지내온 삶과 추억들을 이야기했다. 도미니크는 책을 몇 권 지니고 왔었다. 그는 큰 소리로 페트라르카의 14행 시들과 호머의 『일리아드』를 읽곤 했다. 겨울의 추위 속에 하루하루가 이어져 흘러갔다. 1월이 되자 비가 오기 시작했다. 가느다란 안개비가 고원을 뒤덮었다. 영원히 그칠 것 같지 않았다. 허연 구름들이 가까운 산들을 밑바닥부터 끊어놓고 있었다. 어느 것 하나 습기에 젖지 않은 것이 없었다. 습기는 그들의 고독한 몸을 적셨다.

겨울은 여러 달 동안 계속되었다. 오월이 되어서야 비로소 해가 났다. 낮게 떠 있던 구름은 걷혔다. 하늘이 푸르러지면서 대지를 뜨겁게 달구기 시작했다. 산들이 더할 수 없이 아름다웠다. 더위는 사이공에서보다는 덜 지독했다. 미풍이 불어 공기가 맑게 씻기었다. 안남에는 절대로 회오리바람이 불어오는 법이 없었다. 회오리는 산 위에서 허물어지고 소란스럽게 바람으로 풀려서 고개와 골짜기들로 몰려들어갔다. 그럴 때면 하늘이 어두워졌다. 버림받았다는 느낌을 가눌 수 없었다. 농부들은 자기네 오막살이 마을

들에 따로 떨어져들 있어서 별로 눈에 띄지 않았다. 큰비가 오려고 할 때는 어둡고 초록빛 나는 산의 면이 불안감을 자아냈다. 모두들 숲가에나 짚과 진흙으로 지은 헛간 속으로 몸을 피했다.

봄이 오고 또 여름이 왔다. 새로운 계절들은 카트린느와 도미니크에게 기쁨을 가져다주었다. 자연은 싱싱했다. 골짜기들은 코끼리떼와 엄청나게 큰 풀들이 들어차서 아주 이상야릇한 풍경으로 변했다. 밝은 빛이 되살아났다.

『다다를 수 없는 나라』 92~94쪽
크리스토프 바타이유, 김화영 옮김, 문학동네, 1997

어떤 날은 그냥 아무런 말도 하고 싶지 않아요. 오늘이 그날이
네요. 그냥 문장을 읽기만 합시다.

3

빵집의 고독한 열흘

이야기는 아직, 아직, 시작되지 않는다

이야기는 아직, 아직, 시작되지 않는다

여러분에게 나는 정말 차분한 가운데 말할 수 있습니다. 에밀의 이야기는 나에게 참으로 뜻밖에 찾아왔다는 것입니다. 사실은 전혀 다른 이야기를 쓸 생각이었습니다. 너무 무서워서 호랑이가 이를 딱딱 맞부딪치며 벌벌 떨고, 대추야자나무가 야자 열매를 부르르 떠는 이야기. 그리고 샌프란시스코의 〈드링크워터 가게〉에서 칫솔 하나를 받아오겠다고 태평양을 건너 헤엄쳐 갔던, 검정과 흰색 체크무늬의 조그마한 식인종 소녀에게는 페터질리라는 이름을 붙여줄 생각이었습니다. 물론 성씨는 없고 이름만.

나는 진짜 남태평양 소설을 쓸 계획이었습니다. 그런 이야기를 독자들이 즐겨 읽는 법이라고, 수염을 길게 기른 신사가 내게 말했기 때문입니다.

처음 3장은 심지어 다 써놓기까지 했습니다. 별명이 '특급편'인 추장 라베나스는, 막 구워낸 사과를 주머니칼에 총알 대신 끼워 넣고 안전장치를 푼 다음 마음을 고요히 가라앉히고 목표점을 겨냥하며 최대한 빠르게 397까지 헤아린다…….

그런데 거기서 갑자기 고래 다리가 몇 개인지 생각이 나지 않았습니다! 나는 오래오래 바닥에 벌렁 누워 있었습니다. 그렇게 하면 생각이 잘 떠오르기 때문입니다. 그리고 생각했습니다. 하지만 이번에는 누워 있는 것마저 소용이 없었습니다. 그래서 백과 사전을 뒤적여보았습니다. 우선 고래Walfisch의 W항목을, 그 다음에는 확인차 물고기Fisch 항목도 살폈습니다. 하지만 두 군데 모두 고래 다리에 대해서는 한 마디도 적혀 있지 않았습니다. 그래도 다음 이야기를 쓰려면 정확하게 알아야만 했습니다. 아시겠습니까, 심지어 '정확하게' 알지 않으면 안 되었던 것입니다!

왜냐하면 만일 그 대목에서 고래가 괴상한 다리로 원시림에서 튀어나온다면 아무리 '특급편'이라는 별명의 라베나스 추장이라 하더라도 그 고래를 명중시키지 못할 테니까요.

또한 만일 그가 총알을 고래에게 명중시키지 못한다면 검정과 흰색 체크무늬의 조그마한 식인종 소녀 페터질리는 평생 다이아 몬드 세공사인 레만 부인을 만날 수 없었을 테니까요.

그리고 만일 페터질리가 레만 부인을 만나지 못한다면 그 귀중 한 상품권도 받을 수 없었을 테지요. 반짝반짝하는 새 칫솔을 공 짜로 받으려면 상품권을 샌프란시스코 〈드링크워터 가게〉에 반드 시 보여줘야 하는데 말이지요. 그렇습니다, 그리고 그 다음에……

나의 남태평양 소설은 그런 이유로, 말하자면 '고래의 다리'라는 대목에서 엎어지고 말았습니다. 정말 기대가 컸는데! 여러분은 분명 내 심정을 이해해주실 겁니다. 너무도 안타까웠습니다. 피델보겐 양에게 그 이야기를 했더니 당장이라도 울음을 터뜨릴 것 같았습니다. 하지만 그녀는 마침 저녁식사 준비를 해야 했기 때문에 우는 건 나중으로 미뤘고, 그러다가 우는 것을 잊어버렸습니다. 여자들이란 대개 그렇죠, 뭐.

그 책은 제목을 『원시림의 페터질리』라고 지을 생각이었습니다. 참으로 세련된 제목 아닙니까? 지금 그 책의 첫 3장은 우리 집 테이블 다리를 괴는 데 쓰고 있습니다. 테이블이 덜컹거리지 않도록 말이지요. 하지만 남태평양을 무대로 하는 소설 그게 과연 적합한 역할일까요.

—『에밀과 탐정들』, 에리히 캐스트너

『연필로 고래잡는 글쓰기』 54~56쪽
다카하시 겐이치로, 양윤옥 옮김, 웅진지식하우스, 2008

금요일에 친구와 테니스를 친 뒤, 집으로 돌아가려고 차에 올라타는데 어떤 기자가 전화하더니 지금 제가 쓰고 있는 소설의 내용이 앞으로 어떻게 될 것인지 묻더군요. "앞으로 3주 뒤에 그 소설은 우리 집 식탁 다리를 괼 것 같습니다만"이라고는 차마 말하지 못했습니다만, 어쨌든 지금 제가 쓰는 그 소설이 어떻게 될지는 저도 모르는 일이라 아무런 대답도 못했습니다. "책을 쓸 때 마지막 장면을 이미 알고 있다면 쓸 마음이 나겠는가? 글쓰기도 그렇고, 사랑도 그렇다. 그렇다면 인생도 마찬가지다." 이런 말을 한 사람은 프랑스 철학자 미셸 푸코입니다. 위안을 삼을 수 있는 건 이런 겁니다. 작가들의 식탁 다리를 괴고 있는 작품들 중에 위대한 작품이 있을지도 모르겠습니다. 그렇거나 말거나 작가들은 모두 위대한 작품을 썼습니다. 그렇다면 인생도 마찬가지입니다. 살아보지 않은 삶이 아니라, 결국 우리가 사는 삶이 위대해질 거예요. 그냥 그렇게 믿어버리세요.

악기점에 다녀온 지 사나흘 뒤에

악기점에 다녀온 지 사나흘 뒤에 벌어진 조그만 재난이 하마터면 나를 익사시킬 뻔했다. 내가 하루 치 식사로 냄비에 넣어 삶으려던 달걀 두 개가 손가락 사이로 빠져나와 바닥에 떨어져 깨진 것이었다. 더군다나 그 두 개의 달걀은 마지막 남은 것이어서 나는 그것이 가장 잔인한, 내게 일어났던 그 어떤 일보다도 더 끔찍한 사고라고 느끼지 않을 수 없었다. 달걀은 떨어지자마자 그대로 박살이 났다. 나는 그것들이 마룻바닥 위로 번지는 동안 겁에 질려 서 있던 내 모습을 지금까지도 기억하고 있다. 샛노랗고 반투명한 달걀의 내용물이 마루 틈으로 스며들면서 순식간에 질퍽한 점액과 깨진 껍질이 사방으로 번졌다. 노른자 한 개는 기적적으로 떨어져 내린 충격을 견뎌냈지만 내가 몸을 굽혀 그것을 떠올리려고 하자 스푼에서 미끄러져 깨지고 말았다. 나는 마치 별이 폭발할 것 같은, 거대한 태양이 막 사라져버린 것 같은 느낌이 들었다. 노른자가 흰자위로 번지더니 다음에는 거대한 성운, 성간星間 가스의 잔해로 바뀌면서 소용돌이치기 시작했다. 내게는 그 노른자가 너무 엄청난 것, 가치를 헤아릴 수 없는 마지막 지푸라기였기에 그 일이 일어나자 나는 그만 털썩 주저앉아 엉엉 울고 말았다.

나는 정신을 가누려고 안간힘을 쓰면서 밖으로 나가 달의 궁
전으로 가서 음식을 시키고 돈을 물 쓰듯 써버렸다. 하지만 그래
도 아무 소용이 없었다. 자기 연민이 무절제한 방종에 굴복했고,
나는 그런 충동에 굴복한 나 자신이 혐오스러웠다. 그 혐오감을
더 길게 늘일 셈으로 나는 달걀을 풀어 만든 수프부터 주문하기
시작했다. 짓궂은 운명의 장난에 저항할 수가 없었던 것이다. 수
프에 뒤이어 나는 튀긴 고기 만두, 소스를 친 새우 요리 한 접시,
그리고 중국산 맥주를 한 병 시켰다. 그 자양분이 내 몸에 미친
좋은 영향은 그러나 내 생각이라는 독소로 인해 무효가 되고 말
았다. 쌀밥을 먹으면서 나는 구역질이 다 날 지경이었다. 이건 절
대로 보통 식사가 아냐, 나는 속으로 그렇게 말했다. 이건 마지막
음식, 사형수가 교수대로 끌려가기 전에 먹는 최후의 음식이야.
억지로 음식을 씹어 삼키면서 나는 월터 롤리 경이 처형당하기
전날 자기 아내에게 마지막으로 써 보낸 편지의 한 구절을 떠올렸
다. 내 머리는 깨어졌소. 어느 것도 그 말보다 더 적절할 수는 없
었다. 나는 롤리 경의 효수梟首된 머리, 그의 아내가 유리 상자에
보관했던 머리를 생각했다. 그리고 다음에는 내 머리가 깨어져서
아파트 바닥에 떨어진 달걀들처럼 튀어 흩어지는 모습을 상상해

보았다. 내 머리가 내게서 조금씩 새어 나가고 있다는 느낌이 들었다. 산산조각 난 나 자신이 보이는 것 같았다.

『달의 궁전』 66~67쪽
폴 오스터, 황보석 옮김, 열린책들, 2000

저는 순간瞬間이라는 말을 좋아해요. 눈꺼풀이 한 번 내려갔다가 다시 올라오는 그 짧은 찰나 말이죠. 처음으로 꺼내 입은 스웨터에서 옷장 냄새가 훅 풍기던 순간, 달리기를 한 뒤에 등을 수그리고 심호흡을 할 때 이마의 땀이 운동장 바닥으로 뚝 떨어지던 순간, 작업실 창 옆으로 새 한 마리가 휙 날아가던 순간. 그런 순간들 속에 나의 삶을 결정짓는 모든 의미가 숨어 있다고 생각한다면, 아무리 짧은 순간도 그냥 보낼 수 없잖아요. 기나긴 인생이란 결국 그런 순간들의 집합체죠. 그래서 이렇게 말할 수도 있어요. 자, 여기 달걀이 하나 떨어지고 있습니다. 그 달걀은 떨어져 박살이 납니다. 바로 그 사실 때문에 주인공은 주저앉아 엉엉 웁니다. 사실 저는 조국이나 민족을 위해서 엉엉 우는 사람은 한 번도 보지 못했습니다. 하지만 계란말이를 먹다가 옛 애인이 생각나서 우는 사람은 봤습니다. 그게 다 우리가 보낸 순간들 때문이겠죠.

그는 마치 영화 속 장면에 푹 빠진 사람처럼

그는 마치 영화 속 장면에 푹 빠진 사람처럼 그 집을 멍하니 바라보았다.

"아는 사람 집이에요?"

"어때요? 우리 동네에서 가장 예쁜 집인데…… 옛날부터 집에 들어가기 싫은 날이면 괜히 빙 돌아서 이 집 앞을 지나곤 했어요…… 내가 어렸을 때부터 저렇게 하얀색 페인트칠이 돼 있었는데, 한 번도 더러워진 모습을 본 적이 없어요. 이렇게 저 대문을 보고 있으면 저 집 사람들은 지금 무얼 할까 자꾸 상상하게 되더라고요. 왠지 저 집 사람들은 세상 밖으로 한 발자국도 움직이지 않고, 저 집 안에서 그 모습 그대로 영원히 있을 것 같더라고요."

"첫사랑이 살던 집이구나?"

"에……엣?"

내가 대뜸 묻자 그가 놀라서 말을 더듬었다. 나는 눈에 불을 켜고 다시 그 집을 바라보았다. 첫사랑의 추억을 되돌리기에 그보다 더 완벽한 장소는 없을 듯했다. 살다 살다 집에 질투를 느끼기는 처음이었다. 도도하고 청순한 어떤 소녀를 닮은 그 집의 머리끄덩이를 잡고 내숭 떨지 말라고 혼내주고 싶었지만 일단 참기로 했다. 그는 진심으로 미안한 미소를 지으며 내 시선을 피했다. 그가 당황하는 모습은 처음이었다. 그 순간 우리 앞으로 한 소년이 지나갔다. 짝사랑하는 소녀의 집 앞을 서성이는 그 짙은 갈색머리의 소년은 바로 그였다. 다시는 가질 수 없는 소년의 분홍빛 뺨과 달콤한 땀내가 밴 하얀 목덜미를 그는 마냥 그리워하며 바라보았다. 그제야 나와 그, 그리고 소년이 왜 이곳에 있는지 이유를 알 것 같았다. 우리는 기억 속으로는 걸을 수 없다. 그러나 그 기억을 간직한 길 속으로는 걸을 수 있다. 나는 질투를 멈추고 주변을 바라보았다. 그는 어느 순간 무척 슬펐을 것이다. 넓은 줄만 알았던 골목길이 좁아 보이기 시작하면서 우리는 어른이 되니까. 어른에게만 시간이 빠르게 느껴지는 이유는 어린아이처럼 많이 걷고 달리지 않기 때문이다. 걷지 않으니 추억이 없고 그래서 늙는 것이다. 바람과 공기의 입자 속에 숨은 시간의 힘을 느끼기 위해 여기까지 온 그를 나는 흐뭇하게 바라보았다. 나는 확신할 수 있었다. 행여 그가 이 동네를 떠난다 해도 그리움은 놓지 못할 거라고. 나는 그의 가슴속 지도를 들여다보았다. 거기에는 그가 지나온 수많은 길들이 있었다. 그중에는 첫사랑 소녀에게 가는 이 길도 선명하게 그려져 있었다. 그리고 그 옆에는, 자세히 들여다보면 실처

럼 아주 가느다란 어떤 길도 존재했다. 내가 그를 바래다주던 어
느 밤의 평범한 그 길이.

「그 남자는 나에게 바래다 달라고 한다」, 『그 남자는 나에게 바래다 달라고 한다』 27~28쪽
이지민, 문학동네, 2008

제가 태어난 곳은 3번 국도를 가운데 두고 양쪽으로 작은 가게들이 병풍처럼 늘어선 동네였어요. 그게 제가 자란 도시의 메인 스트리트랄까, 중심가였죠. 기차역 앞에 있는 횡단보도를 건너가면 낡은 건물 2층에 '100볼트'란 카페가 있었어요. 고등학교 시절, 저와 제 친구가 즐겨 찾던 단골 카페였습니다. 거기 창가 자리에 하는 일 없이 앉아 이정선이 참여하던 무렵의 해바라기와 신촌블루스와 들국화를 들었습니다. 이건 아주 오래된 이야기예요. 하지만 어제처럼 생생한 이야기이기도 하고요. 그때는 정말 시간이 너무나 천천히 흘러갔어요. 몇 시간이고 음악을 들으며 친구와 떠든 뒤, 나무 계단을 밟고 내려왔는데 언제나 시간은 남고 갈 곳은 없는 그런 황당한 상황. 그렇게 헤매는 동안 가슴속 지도가 그려진 셈이죠. 세월은 흘렀고, 이제 그렇게 한가하지는 않지만 그 친구와는 지금도 동네 커피숍에서 노닥거리고 있으니 부지런히 걸어 다니는 지금 이 길이 다시 먼 훗날 가슴속 지도가 되겠군요.

1초의 고독. 고독한 1초

1초의 **고독**. 고독한 1초. 어둑한 천장의 스크린으로 음악이 흐르고 책장이 펼쳐진다. 다치바나 다카시의 『우주로부터의 귀환』을 읽으며, 카디건스의 〈Sabbath Bloody Sabbath〉를 듣는 밤이다. 모래바람 속에 펄럭이는 누더기 깃발 같은 시간. 그 시간 속에서 나는 너를 똑똑히 기억해야 하고 내 영혼을 애타게 돌봐야 한다. 오랫동안 그래왔던 것처럼, 그 순간에도 지구가 자전하고 있다. 자전의 시간은 하루, 24시간이고, 1,440분이고, 86,400초다. 첨단의 물리학 원리로 만들어진 '원자시계'가 정한 '세계협정시時'의 표준 '1초'란 '외부로부터 아무런 방해를 받지 않은 세슘 원자가 9,192,631,770번 진동하는 시간'이다. 절대 시간이다. 그런데 이와는 다른 실제 지구의 '자전시時'는 무슨 이유에서인지 하루에 700,000분의 1초씩 느려지거나 빨라지거나 하는 오차를 보인다. 그 이유는 험준한 산맥을 넘는 바람 때문이라거나, 대양의 해류 변화 때문이라거나, 예측할 수 없는 지각 변동 때문이라거나 하는 설이 있을 뿐이다. 과학적인 원자시와 실질적인 자전시가 미세하게 어긋난다는 것이다. 이는 지구와 우주의 운행이 언제나 반드시 일정하게 안정적이지만은 않다는 것을 의미한다. 그러한 이유로 '윤초閏秒leap second'가 도입되었다. 1972년 이래, 6개월에서 2년

6개월 사이에 한 번씩, '국제지구자전국^{IERS}'에 의해 세계협정시에 윤초인 1초가 더해지거나 빼진다. 하여 그 1초는 내가 알게 된 가장 고독한 1초다. 말없이 먼 곳으로부터 와서 오랫동안 기다리는 59초와 61초. 1초의 고독. 너를 데려가지 못한 나의 어둠은 그 어디쯤에 있을 것이다. 우주의 운행이 언제나 반드시 안정적이지만은 않다는 것. 사랑이 변질된다거나, 사랑은 순간에만 가능하다거나, 하는 것보다 중요한 것은 그 짧은 찰나를 위해 우리의 전 생애가, 우리의 전 우주가 사용된다는 사실이다. 1초는 무한하고 고독하다. 사실보다 중요한 것은 진실이고, 진실보다 중요한 것은 진실에 대한 진정이다. 미국의 우주비행사였던 에드워드 깁슨이 말한다. "왜인지는 정확히 설명할 수 없지만 우리들의 우주는 어쩔 수 없이 좋은 것입니다. 그저 그런 것으로 우리들의 눈앞에 있을 뿐이죠. 그걸로 된 것 아닐까요."

「음악을 듣거나 책을 읽거나 너를 기억하기 위해 필요한 고독」, 『감각의 시절』 32~33쪽
이신조, 문학과지성사, 2010

태어나서 보니까 우리 집은 빵집이더군요. 음, 무작위로 선택한 것치고는 꽤 괜찮은 직업을 가진 부모를 만난 셈이었죠. 하지만 자라면서 보니까 빵은 사시사철 꾸준하게 팔리는 게 아니더라구요. 가장 아름다운 빵집은 언제나 크리스마스 무렵의 빵집이에요. 그 무렵이면 케이크가 불티나게 팔렸거든요. 어머니 얼굴이 보름달처럼 환해졌어요. 정말 장사할 수 있어서 행복하다고 기도할 수도 있을 정도였습니다. 크리스마스가 지나고 나면 또 손님이 뜸해지리라는 걸 다들 알고 있었으니까. 일 년 중 겨우 열흘 남짓. 그때 장사한 것으로 빵집은 손님이 뜸한 나머지 나날들을 버틴다는 것. 우리 어머니가 제게 가르쳐주신 것이죠. 아마도, 빵집에게 그건 고독한 열흘일 거예요. 우리가 스스로 행복하다고 느끼는 순간은 나머지 나날들에 비하면 무척이나 드무니까. 하지만 그럼에도, 저 역시 왜인지는 정확히 설명할 수 없지만 우리들의 우주는 어쩔 수 없이 좋은 것이라고 생각해요.

프로빈스타운이 이성애보다 동성애로 더 유명하지만

프로빈스타운이 이성애보다 동성애로 더 유명하지만, 프로빈스타운을 고향으로 여기는 이성애자들도 상당히 많고, 모두가 아주 평화롭게 산다. '로그 캐빈 리퍼블리컨스Log Cabin Republicans, 미국 공화당 지지자로 구성된 동성애 인권 옹호 조직' 멤버가 부치외모나 말투, 행동 등이 남성적인 레즈비언. 여성스러운 레즈비언은 펨femme이라 한다들을 무시하지 않을뿐더러 그런 레즈비언에게 매일 아침 커피를 사서 마시듯, 이성애자와 동성애자 모두 한 배에 탄 승객이며 나뉘어 있고 싶어도 그럴 수 없다. 프로빈스타운이 그 가장 좋은 모습을 보일 때면, 더 개선된 세상, 섹슈얼리티가 당연히 늘 중요하기는 하지만 그리 결정적인 요소는 아닌 세상에 있는 느낌이다. 오래전에 나는 여러 해 동안 수요일 밤마다 크리스 할머니 집에서 포커를 했다. 크리스 할머니는 70대 노인으로, 페이즐리 숄과 술 달린 베개, 낡은 동물 박제들로 둘러싸인 방에서 살았다. 그때 나는 스스로 게이임을 깨닫고 있는 중이었지만 가족에게는 그 이야기를 꺼낼 수 없었다. 크리스 할머니에게 내가 게이인 것 같다고 말하자, 할머니의 흐릿한 파란 눈은 깊은 생각에 잠겼다. 그러고는 이렇게 말했다. "글쎄, 애야, 내가 네 나이였으면 나도 한번 그래보고 싶구나." 크리스 할머니는 나를 껴안거나 위로하지 않았다. 내가 바랐던 대로 할머니는 내 이야기를 사소한 일로 여겼을 뿐이다. 나는 크리스 할머니에게 내가 데이트하고 있던 남자 이야기를 했다. 할머니가 말했다. "아주 괜찮은 남자 같구나." 그런 뒤에 우리는 곧 도착할 다른 포커 플레이어들에게 줄 음식을 식탁에 나르기 시작했다.

『아웃사이더 예찬』 85~86쪽
마이클 커닝햄, 조동섭 옮김, 마음산책, 2008

저의 장래희망은 할아버지가 되는 겁니다. 이만하면 안 해본 일은 없으니까, 웬만한 감정은 다 경험해봤으니까, 당장 내일 지구가 멸망한다고 해도 눈 하나 깜빡하지 않을 테니까. 늙으면 당연히 그렇게 되겠지만, 뭐, 그런 이유라면 굳이 늙고 싶지는 않아요. 제가 바라는 노년은 이런 것이죠. 누군가의 이야기를 듣다가 깜짝 놀라는 노인의 삶. 아니, 뭐야? 칠십 년을 살았는데도 아직도 안 해본 일이 이렇게 많다니. 정말이지, 다른 사람들의 이야기를 듣다 보면, 아직도 모르는 게 얼마나 많은지 노인이 되기는커녕 지금 당장 창피해서 죽을 것만 같아요. 청년들은 몰라요. 이 세상에 얼마나 많은 사람들이 사는지. 노인들은 더 몰라요. 죽는 그날까지 저도 크리스 할머니 같은 사람이 되고 싶어요. 다음에는 나도 한번 그래보고 싶구나, 라고 말하는 할아버지가. 그렇게 말하고 식탁에 음식을 나르는 거죠.

"사람의 기원은 재야. 인도 신화가……"

"사람의 기원은 재야. 인도 신화가 현대 과학과 거의 일치하지.
우주의 별이 폭발할 때 떨어진 재가 지구에 날려와 지구의 원자
들과 결합해 최초의 미생물이 생겨났어. 진화 역시 마찬가지지.
초신성의 폭발은 늙은 별의 죽음이자 신생별의 탄생이고 그 재는
지구 생명의 조상이었어. 죽은 별의 재가 지구에 유입돼 유전자
가 돌연변이를 일으킬 때마다 생물은 비약적으로 진화해왔거든.
바다의 한천류에서 활유어로, 물고기에서 공룡으로, 원숭이로,
원숭이에서 사람으로 진화할 때마다 죽은 별의 재가 개입했어. 정
확히 말하면 수소와 탄소와 산소, 칼슘 같은 원자들이지. 그러니
까 우린 누구나 별의 아이들인 거야. 오늘 밤 우리가 볼 별들은
적어도 2만 년 전에, 어떤 것은 70만 년 전에 이미 죽어 우리에게
재를 넘겨준 아버지별이거든. 그 죽은 별의 빛이 우리에겐 영원의
시간으로 반짝이며 우리 모두를 내려다보는 거야. 이 세상은 정
말로 별의 꿈인지도 몰라."

인채가 그런 이야기를 할 때 혜규는 그에게서 아름다움을 느
꼈다. 그는 소읍의 어떤 남자와도 달랐다. 아름다움이란, 단지 균
형이나 청결함이나 향기가 아니라 미래와 관계있는 것이고 밝음,
희망 같은 것과 관계된 것인지 모른다. 흉한 것은 퇴행과 정지와

무지와 태만을 떠올리게 하기 때문에 추한지도 모른다. 보다 진보적인 것, 미래적인 것, 과학적인 것, 말하자면 진화를 암시하는 것은 아름다운 것이다.

"지도에서 도시나 마을을 가리키는 검은 점을 보면 꿈을 꾸게 되는 것처럼, 별이 반짝이는 밤하늘은 늘 나를 꿈꾸게 해. 그럴 때 묻곤 하지. 왜 프랑스 지도 위에 표시된 검은 점에 가듯 창공에서 반짝이는 저 별에게 갈 수 없는 것일까?"

혜규가 말하고 입을 꼭 다문 채 질문하듯 인채를 바라보았다. 인채가 알아채고 신음소리처럼 중얼거렸다.

"고흐! 타라스콩이나 루앙에 가려면 기차를 타야 하는 것처럼, 별까지 가기 위해서는 죽음을 맞이해야 한다. 죽으면 기차를 탈 수 없듯, 살아 있는 동안에는 별에 갈 수 없다. 증기선이나 합승마차, 철도 등이 지상의 운송 수단이라면 콜레라, 결석, 암 등은 천상의 운송 수단인지도 모른다. 늙어서 평화롭게 죽는다는 건 별까지 걸어간다는 것이지."

혜규가 공감의 미소를 지었다.

"우리가 암에 걸려 죽어야 한다면, 이 말을 떠올리게 되겠죠. 그때 담담하게 말할 수 있을까요? 천상의 운송 수단을 탄 거라고."

"가능한 그래야겠지. 하지만 선택할 수 있다면 걸어서 별까지 가고 싶군."

혜규도 걸어서 별까지 가고 싶었다. 인채와 함께.

"욕망이라는 단어의 라틴어 어원은 놀라워. 무엇일 것 같아?"

우리의 본능과 관계된 것이겠지만 혜규는 알 도리가 없었다.

"죄? 혹은 벌? 아니면 장님?"

혜규가 떠오르는 대로 말했다.

"Desiderare. 이 라틴어는 별이 사라진 것을 아쉬워한다는 뜻이야. 놀랍지? 욕망의 원래 뜻은 사라진 별에 대한 향수이며 그리움이야. 사라진 별, 그건 별이 인간의 조상이고 고향이라는 의식의 근원이 욕망이라는 말 속에 있는 거야. 모든 욕망은 향수인 거지. 우리는 전혀 모르는 것을 욕망할 수는 없어. 우리가 무엇을 욕망한다는 것은 실은 상실한 것에 대한, 말하자면 소유한 경험에 대한 향수라는 말이기도 해. 과거에 가졌던 것을 우린 욕망하는 거야."

『언젠가 내가 돌아오면』 129~131쪽
전경린, 이룸, 2006

방송 촬영 때문에 고비 사막에 갔을 때였습니다. 사막 한가운데까지 갔는데 밤이 됐어요. 거기서 그냥 하룻밤을 보내고 싶었지만, 가이드 겸 운전사를 자청했던 숙소의 사장이 캠프가 걱정됐는지 밤 11시에 다시 사막 초입에 있던 캠프로 돌아가자고 하더군요. 그래서 자동차를 타고 네 시간 거리를 이동했는데, 그 여행은 제 인생에서 가장 끔찍한 여행이었습니다. 밤의 사막에는 제가 상상할 수 있는 그 이상의 것들이 살고 있더군요. 앞을 보면 헤드라이트 불빛을 받아 지옥의 동물들처럼 보이는 것들이 펄럭이며 날아가거나 뛰어가고, 비포장도로를 달리는 자동차의 바퀴는 잠시도 쉬지 않고 돌이 채여 덜컹거리고, 졸음이 쏟아졌지만 잠을 잘 수는 없는, 고문과도 같은 네 시간이었습니다. 천신만고 끝에 캠프에 도착했을 때는 마치 지옥에서 살아서 돌아온 것처럼 감개무량하더군요. 차에서 내렸더니 다리가 풀려서 비틀비틀. 지친 사람들이 하나둘 캠프를 향해 걸어갔습니다. 그때 조금 뒤에 내린 저는 볼 수 있었습니다. 앞서 걸어가던 사람들의 양옆으로 떠 있는, 지평선의 무수히 많은 별들을. 별을 그리워하는 게 욕망이라면 그 욕망이 얼마나 아름다운 것인지 알겠더라구요.

B는 그사이 유명한 기타리스트가 됐다

B는 그사이 유명한 기타리스트가 됐다. 음반산업이 바닥에 처박힌 관계로 앨범을 많이 팔지는 못했지만 사람들의 입에 자주 오르내리는 기타리스트가 됐다. 시디를 벗기던 빠른 손놀림으로 이제는 기타를 연주하며 사람들을 흥분시키고 있다. B는 새로 음반을 낼 때마다 내게 보내주었지만 잘 듣게 되지는 않는다. 몇 번 듣다 보면 지겨워진다. 그럴 때면 녹화했던 동영상을 보곤 한다. 편집도 제대로 하지 않은 동영상을 볼 때마다 아주 오래전 그의 모습이 떠오른다. 어쩌면 그 동영상을 볼 수 있는 사람은 전 우주를 통틀어 나밖에 없다는 자부심 때문에 더 재미있게 느껴지는 것인지도 모르겠다. 감추려고 했던 것은 아니지만 B에게도 동영상 얘기는 하지 못했다.

어느 날 나는 동영상을 보다가 내 습관 하나를 발견했다. 나는 화면 속에서 기타를 연주하는 그를 볼 때마다 왼쪽 엄지로 나머지 왼손가락들의 끝을 비비고 있었다. 어머니가 아이의 등을 어루만지듯 매끄러운 손가락 끝을 비비고 있었다. '내가 손가락 끝을 비비고 있었네?'라는 생각이 들고 난 다음에도 마찬가지였다. 어째서 그런 행동이 시작됐는지 모르겠다. 대리석처럼 딱딱하게 굳어 있는 그의 손가락 끝을 그리워했던 것일까. 아니면 굳은살

하나 박여 있지 않은 내 손가락 끝이 부끄러웠던 것일까. 동영상을 계속 보다가 내 기억 속에는 전혀 남아 있지 않은 그의 이야기를 발견한 적도 있었다.

"형, 좋아한다면 두세 번은 시도해봐야지. 계속 시도하다 보면 어느 순간 정말 좋아지거든."

내가 어떤 질문을 했던 모양인데 내 목소리는 거의 들리지 않았다. 나는 연습실 반대쪽에 있었던 것 같다. B의 그 말이 끝나고 비디오테이프는 멈췄다. 정확히 그 부분까지만 녹화됐다. 그 다음에 그가 어떤 얘기를 했는지는 도무지 기억이 나질 않는다. 기타 얘기였던 것 같기도 하고, 어떤 컴퓨터게임의 공략법 얘기였던 것 같기도 하고, 여자친구에 대한 얘기였던 것 같기도 하다. 어느 것을 대입시켜도 말은 된다. 좋아진다는 건 나아진다는 뜻이었을까, 무언가를 좋아하게 된다는 뜻이었을까. 기억이 나지 않는다. 그에게 물어도 기억하지 못할 것이다.

「나와 B」, 『악기들의 도서관』 209~210쪽
김중혁, 문학동네, 2008

작업실 옆에 호수가 있어요. 창가에 서면 그 호수가 한눈에 들어옵니다. 그런 곳에서 소설을 쓸 수 있다는 건 행운이지요. 하지만 행운이 있으면 뭐한답니까, 누려야 행운이지. 하루 종일 호수를 바라볼 수 있는 곳에 앉아서는 하루 종일 한 번도 호수를 바라보지 않는 날이 더 많아요. 그럴 때면 제가 괴물이라도 된 것 같아요. 그래서 이따금 해가 질 무렵 작업실에서 나오다가 그 호수로 가곤 합니다. 호수의 뒤편에는 제가 좋아하는 메타세쿼이아 길이 있어요. 양옆으로 줄 맞춰 키 큰 메타세쿼이아를 심었죠. 호수에 가면 그 길을 걸어봅니다. 한 700미터 정도 될까요? 끝까지 걸어갔다가 다시 돌아오지요. 그렇게 한 바퀴. 이마에는 땀이 맺힙니다. 이제 돌아갈까, 아니면…… 그렇게 생각하다가 다시 걸어갑니다. 매번 느끼지만, 그렇게 한 번 더 걸어가겠다고 마음먹는 순간이 저는 좋습니다. 한 번으로는 언제나 부족하거든요. 두 번 정도는 걸어봐야 제대로 산책했다고 할 수 있는 거죠. 그럴 때면 제가 사람인 것 같아서 마음이 놓입니다.

어린 동생 데리고 하염없이 걷고 걸었던 그해 겨울

―어린 동생 데리고 하염없이 걷고 걸었던 그해 겨울 추위와 배고픔을 나는 이날 이때까지 하루도 잊어본 적 없답니다. 그럼 내가 묻겠어요. 어머니가 숨을 거두었던 겨울밤은 생각납니까?

줄리 여사 통역을 듣던 황이장이 답답해 미칠 지경이란 듯 조씨 무릎을 흔들며 조씨 귀에 대고 큰 소리로 말했다.

"이 사람아, 그건 기억난다고 했잖아. 꾸물대지 말고 어서 말해봐!"

"그래, 그래. 기억나." 그제야 조씨가 머리를 끄덕였다.

―그렇다면 어머니가 숨 거둔 그날 밤, 하늘을 보고 내가 했던 말을 기억합니까?

안나 리 여사도 답답했던지 프랑스말에 달아 천장을 쳐다보며, "별, 별 말입니다!" 하고 분명한 한국 발음으로 강조했다. 그네는 터지려는 울음을 손수건으로 막았다. 한순간에 실내는 숙연해졌고 모두의 시선이 조씨 얼굴에 쏠렸다.

"별?" 조씨가 천장을 올려다보며 눈을 깜박이더니 추위를 타듯 어깨를 움츠리고 온몸을 떨어댔다. "하늘에 별?"

"별 보구 내 뭐라 말했어?"

봇물이 터진 듯 안나 리 여사 입에서 자연스럽게 한국말이 터졌고 낮춤말을 썼다. 그네가 팔걸이 쥔 손에 얼마나 힘을 주었던지 휠체어가 흔들렸다.

"오마니별, 거기 있어······" 허공을 보는 조씨 입에서 꿈결이듯 그 말이 흘러나왔고 눈동자가 뿌옇게 풀어졌다.

손수건으로 입을 막아 격한 감정을 다스리던 안나 리 여사의 비탄이 터진 것은 그 순간이었다.

—오마니별을 알다니! 내 동생이 틀림없어!

엄마가 숨을 거둔 겨울밤이었다. 폭격으로 반쯤 허물어진 빈집의 무너진 천장 사이로 밤하늘이 보였고, 찬 별들이 하늘 가득 보석처럼 박혀 있었다. 헌 이불을 둘러쓰고 서로 껴안아 체온으로 밤을 새울 때, 밤하늘의 별을 보며 누이가 말했다. 중길아, 저 하늘에 반짝이는 별 두 개를 봐. 아바지별과 오마니별이야. 천지 강산에 우리 둘만 남기구 아바지가 오마니 데빌구 하늘에 가서 별루 떴어. 저기, 저기 오마니별 보여?

「오마니별」, 『오마니별』 51~52쪽
김원일, 강, 2008

고등학교 시절에는 자전거를 타고 통학했어요. 그때는 자동차가 많지 않았기 때문에 등하굣길에는 제일 오른쪽 한 차선이 학생들의 자전거 차지였지요. 학교를 가기 위해 시내를 빠져나오면 오른쪽으로는 논이, 그 너머로는 경부선 기찻길이었어요. 논과 도로 사이에는 키가 작은 은행나무들을 가로수로 심어놓았구요. 매일 그렇게 은행나무를 보면서 등교하는 게 심심해서 하루는 건물이 끝나는 지점부터 세어서 스무 번째 나무와 친하게 지내기로 했어요. 자전거를 타고 가면서 하나, 둘, 셋…… 하고 세다가 스무 번째 나무에 이르면 "잘 잤니?"라고 인사하는 거죠. 나무에게도 입이 있다면 인사를 들었을 테지만, 뭐 매일 아침 거기 서 있는 걸 보는 것만으로도 저는 좋았어요. 한 일 년 정도 그 나무와 친하게 지냈죠. 처음에는 여느 나무와 다를 바가 없었는데, 시간이 지나니 그 나무만의 생김새가 눈에 들어오더라구요. 그래서 얼마 지나지 않아 세지 않아도 그 나무를 알아볼 수 있었어요. 모르긴 몰라도 아마 그 나무도 나만큼 아침마다 인사하던 그 순간을 기다리지 않았을까? 나중에 그 논으로 아파트가 들어서면서 가로수들은 모두 없어졌어요. 베어졌을까, 아니면 어디론가 옮겨 심었을까? 이런 생각 하면 슬퍼야만 할 텐데, 그렇지도 않네요. 열아홉이라고 중얼거리고 난 뒤에 "잘 잤니?"라고 말하던 순간이 제 기억 속에 여전히 생생하니까.

마음이 아파 견딜 수 없어

마음이 아파 견딜 수 없어.

집요하게 배달되는 그녀의 편지였다. 나는 그녀의 문자메시지를 지우고 소의 울음소리가 들리지 않는 곳까지 걸어가서 집으로 전화를 걸었다. 아버지는 전화기 옆에서 대기하고 있었다는 듯 곧바로 전화를 받았다. 간단하고 퉁명스런 인사말이 부자간에 오가는 동안에도 나는 망설이고 또 망설였다. 어머니를 찾았지만 놀러 가고 없었다. 대낮인데도 아버지는 취해 있었다.

"……그러니까, 만약에 말예요. 소의 콧물과 침에 피가 조금 섞여 나오면 왜 그러는 건지 아세요?"

"그건 왜 묻냐?"

"……그냥 궁금해서 그러는 거죠. 아버진 소를 오래 길러봤으니 잘 알 것 같아서요."

"너, 소 안 팔았지? 거기 어디냐?"

"아, 팔았다니까요! 돈까지 부쳐드렸잖아요."

아버지는 내 말을 믿지 않았다. 114로 가축병원을 찾지 않은 게 후회막심이었지만 이미 돌이킬 수조차 없는 곳에 나는 도착해 있었다. 그녀는 또 편지를 보냈는지 신호음이 아버지의 취한 목소리와 섞여 귓속을 후비고 다녔다.

"내 지금 당장 농협에 가서 통장으로 돈 도로 보낼 테니 소 싣고 집으로 와! 알아들었냐?"

"아, 팔았다니까요! 소가 왜 그러는지 그거나 알려줘요!"

"왜 그러긴! 피곤하니 그러지! 하여튼 당장 돌아오지 않으면 경찰에 신고할 테니 그리 알아!"

『소와 함께 여행하는 법』 51~52쪽
김도연, 열림원, 2007

몽골에 갔을 때의 일이에요. 시골 농가를 방문했죠. 송아지가 자꾸 어미젖을 빨아먹으려고 하니까 그 집의 어린 아들 녀석이 송아지를 쫓아내고는 손에다 뭘 묻혀서 어미젖에 바르더라구요. 신기한 것을 봤으므로 제가 쫓아갔어요. "너 지금 뭘 한 거야?" 소년의 말에 따르면, 젖에다 똥을 발랐다더군요. 그러면 송아지들이 젖을 빨지 못한대요. 똥 덕분에 사람들과 소들이 함께 살 수 있는 거지요. 그 소년은 맨발로 초원을 뛰어다니더군요. 말을 타고 먼 들판에 가서 혼자 수십 마리의 양떼를 몰고 오더군요. 무지하게 무거운 물통도 어깨에 메고 오더군요. 소년에게 내가 말했어요. "네가 나보다 훨씬 낫다. 이 나이가 되도록 나는 네가 눈 감고도 하는 일들을 하나도 못하니 말이다." 그렇다고 사람의 마음을 헤아리는 일 같은 걸 잘하느냐 하면 그것도 아니에요. 누가 경찰에 신고하지 않은 게 다행이랄까.

바위그림을 그대로 탁본한 것이라니

바위그림을 그대로 탁본한 것이라니, 가로 6.5미터, 세로 3미터 짜리 액자인 셈이었다.

세로 액자는 가로 액자 중 고래가 집중된 왼쪽 사분의 일 부분을 따로 확대해서 만든 것이었다. 폭 2미터 길이 5미터쯤 되는 크기였다. 그 액자 속 고래들은 모두 위쪽을 향해 머리를 두고 있었는데 아마도 무리 지어 헤엄치는 광경을 그린 듯했다. 큰 고래 안에 작은 고래가 그려진 그림은 새끼 밴 어미고래를 묘사한 듯했다. 몸 안에 작살이 그려진 고래는 작살을 맞은 듯했고, 고래 몸통 위로 무수히 작은 선이 그려진 고래는 물뿜기를 하는 모양이었다.

"포경조합에서 저기 가끔 놀러갔었다. 니은이 할아버지도 함께 갔지. 그때 니 애비는 지금 너보다 어렸고."

내가 액자 그림을 오래 올려다보고 있은 모양이었다. 장포수 할아버지가 다가와 말을 걸었다. 나는 계속 궁금해 하고 있던 것을 물어보았다.

"그런데 이 바위그림이 왜 중요해요?"

"기억하는 일이 중요하기 때문이다."

나는 할아버지의 말을 이해하기 위해 또 가만히 있었다. 기억을 어떻게 해야 하는지 할아버지한테 물어봐야겠다고 생각한 적이 있었다. 지난 일은 깨끗이 잊어버리는 게 나은지, 기억하는 게 좋은지.

"기억하는 일은 왜 중요해요?"

"그것을 잘 떠나보내기 위해서지. 잘 떠나보낸 뒤 마음속에 살게 하기 위해서다."

나는 여전히 할아버지 말을 잘 이해할 수 없어 다시, 다른 방식으로 물어보았다. 기억하는 일이 힘들고 따가워도 기억해야 하는지. 할아버지는 고개를 끄덕였다. 천천히 오래 고개를 끄덕이면서 할아버지가 기증한 물건들이 전시된 방을 바라보았다.

"나도 기억하는 방법을 몰라서 저 물건들을 오래 붙잡고 있었다. 내 인생을 낡은 물건들을 쌓아두는 창고로 만든 셈이지. 잘 떠나보내고서 기억하고 있으면 되는 걸."

잘 떠나보낸 뒤 기억하기. 나는 그 말을 잊지 않기 위해 입안에서 반복했다. 아주 어릴 때 시간이 어디로 가는지 궁금하던 적이 있었다. 쓰레기폐기장처럼 어딘가에 우리가 사용하고 버린 시간, 미처 사용하지 못한 시간 들이 흘러가 쌓이는 곳이 있을 것 같았다. 눈앞의 고래그림들을 보고 있으면 시간이 흘러가 쌓이는 곳이 어디인지 짐작할 것 같았다. 기억도 시간도 바위그림처럼 하면 될 것이다.

『꽃피는 고래』 235~237쪽
김형경, 창비, 2008

고비사막에서 본 가장 인상적인 장면은 수천 년 전에 죽은 공룡들의 화석을 본 일이었습니다. 한두 마리도 아니고 수백 마리에 달하는 공룡들의 뼈들이 한데 모여서 쌓여 있었지요. 그때의 전율을 이루 설명할 방법이 없네요. 살아오면서 한 번도 공룡의 사생활을 궁금하게 여긴 적이 없었는데, 그때 처음으로 호기심이 일더군요. 가까운 곳에 죽어 있으니 이 공룡들은 모두 한 가족인 것일까? 이렇게 많은 공룡들이 왜 여기 다 모여서 죽은 것일까? 아무리 물어봐도 대답하는 공룡은 한 마리도 없더군요. 공룡들의 뼈가 한곳에서 발견됐다면 그건 시간 때문일 겁니다. 우리가 상상할 수도 없는, 영원의 시간이 그 공룡들을 기억했기 때문이지요. 영원의 시간은 우리도 기억할 겁니다. 그렇다면 우리는 과연 어떤 것들을 기억해야만 할까요?

"유식한 소리를 좀 하자면, ……"

"유식한 소리를 좀 하자면, 사는 게 다 비용이 드는 일입니다. 당신도 우리에게 빚을 졌지요? 어떻게 빚을 지게 되었는지를 생각해봐요. 그까짓 거, 얼마 되지 않는다고 말할 테지, 그리고 또 워낙 예기치 못한 위급한 상황을 만나서 어쩔 수 없었고……. 다들 그렇게 시작하는 거예요. 그렇게 소규모로, 예기치 못한 위급한 상황 때문에……. 그게 살아 있다는 표시예요. 빚지지 않고 살 수는 없거든요. 빚지고 있다는 건 살아 있다는 증거예요. 많든 적든 죽은 사람이 빚지는 거 봤어요? 요컨대 우리는 평생 동안 빚을 갚으면서 살다가 다 못 갚고 가는 거예요." 여성지 사내가 여성지를 신경질적으로 넘기며 빠르게 말했다. 바둑알을 든 사내가 바둑알을 벽에 툭툭 던졌다. "이해할 수 없다고 속으로 생각하고 있지요? 이해할 수 없으니까 용납할 수도 없다고. 그렇지만 생각해보세요. 이제껏 모든 것을 그렇게 다 잘 이해하면서 살아왔나요? 수긍하고 용납할 수 없는 일은 수긍도 용납도 하지 않고 살아왔나요? 예를 들어 당신이 서리에 오게 된 것은 이해하고 용납할 만한 일인가요? 당신의 아내가 당신을 떠난 것은 이해하고 용납할 만한 일인가요? 그렇지 않다면, 유독 이번 일에 대해서만 이해도 하고 용납도 해야 움직이겠다는 건 정말 이해할 수도 용납할 수도 없는 일이잖아요. 안 그래요? 아, 놀라지 말아요. 우리는 그저, 당신 아내와 아주 간단히 사무적인 통화를 했을 뿐이에요." 유는 무슨 통화를 무엇 때문에 아내와 한 거냐고 물었다. 그들은 빙글빙글 웃기만 했다. 무언가 날카로운 것에 옆구리를 깊이 찔린 느낌이었다. 유는 중심을 잃고 비틀거렸다. 당신들, 이게 무슨 행패야, 이런 게 통할 것 같애? 하고 소리 지를 때 유는 무력했고 비참했다. 그들은 태평했다.

"우리는 할 이야기가 조금 더 남았어요. 그러니까 너무 흥분하지 않는 게 좋아요. 이를테면, 당신은 이 사무실을 쓰게 될 텐데, 이 사무실은 이미 합법적으로 서리금융의 소유예요. 이 사무실 안의 모든 집기들, 심지어 저 친구를 즐겁게 해주고 있는 저 바둑알 하나까지도 다 서리금융에 속해 있어요. 당신이 이 사무실을 쓰는 것은 곧 우리의 재산을 이용하는 것이고, 그것은 곧 서리금융의 신세를 지는 일이에요. 사는 일이 빚을 지는 일이라는 건 그런 뜻이지요. 이곳에 있는 동안 당신의 사무실이 서리금융에 속하는 것처럼 당신 역시 서리금융에 속해요. 당신 역시 서리금융의 재산의 일부라는 말이지요. 그러니까 당신은 당신 마음대로 당신을 쓸 수 없어요." 유는 설레설레 고개를 저었다. 같은 언어를

구사하고 있음에도 불구하고 그 말의 함의가 너무 다르고 소통의
체계가 제멋대로 뒤엉켜서 의사를 교환하기가 어려웠다. 마치 헛
발질을 계속하고 있는 것처럼 지루하고 피곤했다.

『그곳이 어디든』 195~197쪽
이승우, 현대문학, 2007

내 뜻대로 되는 건 정말 많지 않지요. 저 같은 경우에는 원고를 마감하는 일이 꼭 그렇답니다. 수첩에 적어둔 계획, 그러니까 그 원고 마감(이름이 너무 기니까 그냥 원마로 하죠) 녀석이 지금 내 앞에서 벽에다가 바둑알을 툭툭 던지면서 말하는 장면을 떠올리면 제 처지가 짐작되시려나. "이해할 수 없다고 속으로 생각하고 있지요? 이해할 수 없으니까 용납할 수도 없다고. 그렇지만 생각해보세요. 이제껏 모든 것을 그렇게 다 잘 이해하면서 살아왔나요?" 원마 녀석, 정말 말이 안 통한답니다. 하지만 원마의 말도 틀린 건 없어요. 되는 일은 어떻게든 되고, 안 되는 일은 아무리 해도 안 되는 것이니까요. 아무리 해도 안 되는 쪽으로 보인다면 슬그머니 마감 날짜를 뒤로 연기하세요. 절대 원마랑 논쟁하면 안 됩니다. 아예 말이 안 통하는 녀석이라니까요. 백전백패예요.

아침에 그녀를 바라보던

아침에 그녀를 바라보던 선희 아줌마의 눈물 고인 시선이 떠올랐다. 각기 마주쳤던 과거도 상상해보았다. 그때 어디선가 짤랑짤랑 하는 소리가 들렸다. 뒤를 돌아보니 연한 갈색 머리의 게르만인 처녀가 자전거를 타고 이리로 오고 있었다. 그들이 자전거 길을 침범한 모양이었다. 선희 아줌마가 수연의 소매를 잡아끌었다. 게르만인 처녀는 당케, 하고 짧게 말하며 이 여름아침처럼 싱그럽게 이 두 한국인을 향해 웃어주고는 앞으로 달려나갔다.

"자전거 탈 줄 아니?"

선희 아줌마가 물었다.

"네."

"언제 배웠어?"

"어릴 때…… 사학년 때였던가요? 그때 여름에 자전거 배운다고 하다가 이틀인가 몸살 앓아 누워 있었어요."

선희 아줌마가 무슨 생각인가에 잠긴 얼굴로 잠시 입술을 앙다물더니 미소를 지었다.

"네 엄마 이야기 해줄까? 우리 시골에서는 여자애들 자전거 못 타게 했어. 여자들이 타면 좋을 자전거도 없고…… 근데 네 엄마는 그걸 그렇게 타고 싶어했다. 그래 내가 밤마다 우리 아버지가 쌀 배달하는 자전거를 몰래 끌고 나갔지. 네 엄마 밤마다 그걸 혼자 배운다고 무릎이 얼마나 까졌는지…… 한동안 절뚝 거리고 걸어다니면서도 그래도 열심히 탔다. 우리가 베를린에 도 착했는데 네 엄마 몇 달 월급 모아가지고 어느 날 자전거를 끌고 나타난 거야. 우리 병원 간호사들 중에 그건 처음이었어. 자전거 이름을 포르셰라고 지었다나 어쨌다나 하면서 선희야 봐, 하더 니 새로 산 모자 쓰고 길고 하늘하늘한 스카프를 목에 감고 베 를린 우리가 근무하던 병원 앞길을 달려나갔다. 네 엄마 뒷모습 으로 얄따란 스카프가 바람에 날리는데…… 네 엄마, 그때 참 이 뻤어."

선희 아줌마가 웃었다. 마치 그때, 상처입기 전, 훼손되기 전, 리 본이 달린 모자 쓰고 길고 하늘하늘한 스카프를 휘날리며 포르 셰라는 이름의 자전거를 타던, 그런 처녀로 돌아간 듯 웃었다. 수 연의 입가로도 빙그레 미소가 어렸다. 베를린에 도착한 처녀가 새 로 산 모자를 쓰고 스카프 휘날리며 달려나가는 장면을 생각하 자 마음이 따뜻해왔다. 이 초여름 오스나브뤼크 작고 조용한 마 을에 부는 바람처럼 싱그러웠을 거라는 생각도 들었다. 아마 엄 마는 그때도 짧은 치마를 입었을지 모른다. 오징어처럼 희고 관

능적인 다리로 페달을 밟아대며 베를린 거리를 달렸으리라. 수연의 가슴속으로 왠지 안도감 같은 것이 스쳤다.

『별들의 들판』 234~235쪽
공지영, 창비, 2004

제가 드디어 지름신의 법칙이라는 걸 발견했습니다. 잘 들어주세요. 그게 가방이든, 카메라든, 노트북이든 몇 달이고 그 생각만 하는 겁니다. 진지하게 생각해야만 해요. 반드시 손에 넣고야 말겠다고. 그러다가 어느 날, 질러버리세요. 그냥 눈 딱 감고 저지르세요. 그 다음에는 아무런 대책도 없이 수중에 가방이든 카메라든 노트북이든 들어오게 되겠죠? 얼마나 오랫동안 원했는가, 또 얼마나 많은 비용을 들였는가에 따라 손에 든 그것의 가치는 달라집니다. 그게 간절히 원한 것이라면 밥을 굶어야 하는 고통 따위는 잊게 만들 정도로 고귀하게 보일 겁니다. 그런 까닭에 한동안 그 물건에 폭 빠져서 살 수 있을 겁니다. 고생하면 고생한 만큼 그 물건은 영영 잊히지 않을 거예요. 그렇다면 인생도 그런 식으로 기억되는 건 아닐까요? 그게 쇼핑이든 사랑이든 여행이든 대책 없이 저지르고 나면, 그리고 무모하면 무모할수록, 우린 그 일을 절대로 잊지 못하게 될 테니까요.

아이를 입양하는 사람이 제일 싫어하는 것이

아이를 입양하는 사람이 제일 싫어하는 것이 바로 저능아다. 저능아란 세상에 재미있는 일이 아무것도 없어서 자라지 않기로 마음먹은 아이다. 그러면 난처해진 부모는 어찌할 바를 모르게 된다. 예를 들어 열다섯 살짜리 아이가 열 살처럼 행동을 하는 식이다. 문제는 그런 아이는 혼자 벌어먹고 살 수가 없다는 것이다. 그리고 나 같은 열 살짜리 아이가 열다섯 살처럼 행동하면 학교에서는 내쫓아버리기도 한다. 학교가 엉망이 된다나.

"얼굴이 온통 초록색인 게 예쁘구나. 그런데 왜 얼굴을 초록색으로 했니?"

그녀에게서 너무 좋은 냄새가 나서 나는 로자 아줌마 생각이 났다. 왜 그렇게 냄새가 다른지.

"이건 얼굴이 아니에요, 그냥 헝겊이에요. 우리는 얼굴 같은 걸 만들면 안 돼요."

"뭐라구? 안 된다구?"

그녀의 푸른 눈동자에는 아주 재미있어하는 그리고 아주 친절한 표정이 담겨 있었다. 그녀는 아르튀르 앞에 쭈그리고 앉았지만 사실은 나 때문에 그러고 있었다.

"나는 회교도인이에요. 우리 종교에서는 얼굴 같은 거 만들면 안 돼요."

"얼굴을 만들면 안 된다니?"

"그건 신에 대한 모독이거든요."

그녀는 무표정한 채 슬쩍 내게 눈길을 던졌지만 나는 그녀가 속으론 무척 놀라고 있다는 것을 눈치챘다.

"너 몇 살이니?"

"처음 만났을 때 말했잖아요. 열 살이에요. 오늘이 바로 내 열번째 생일이에요. 하지만 나이가 무슨 상관인가요? 나에겐 여든 다섯 살 먹은 친구가 있는데 아직 살아 계세요."

"이름은 뭐지?"

"그것도 이미 물어봤잖아요. 모모예요."

그녀는 계속해서 일을 해야 했다. 그녀는 거기가 녹음실이라고 내게 설명해주었다. 화면의 등장인물들은 말을 하는 것처럼 입을 움직이고 있지만 실제로 그들에게 목소리를 불어넣어주는 것은 그 녹음실 사람들이었다. 어미새들처럼, 그들은 등장인물들의 목구멍에 소리를 심어주고 있었다. 순간을 놓쳐서 목소리가 제때에 나오지 않으면 다시 해야 했다. 그러면 멋진 일이 벌어졌다. 모든 것이 거꾸로 돌아가기 시작하는 것이다. 죽은 사람이 되살아나서 살아 있을 때의 제자리로 돌아왔다. 누군가가 단추를 누르자 모든 것이 뒷걸음질쳐 되돌아가기 시작했다. 자동차들이 거꾸로 달리고 개들도 뒤로 달리고, 무너졌던 집이 눈 깜짝할 사이에 원래 상태로 돌아왔다. 시체에서 총알이 튀어나와 기관총 속으로 다시 들어가고 살인자들은 뒤로 물러서서 뒷걸음질로 창문을 훌쩍 넘어 나갔다. 비워졌던 잔에 다시 물이 차올랐다. 흐르던 피가 시체의 몸으로 다시 들어가고 핏자국은 어디에도 보이지 않았으며 상처도 다시 아물어버렸다. 뱉은 침이 다시 침 뱉은 사람의 입으로 빨려들어갔다. 말들이 뒤로 달리고 팔층에서 떨어졌던 사람이 다시 살아나서 창문으로 돌아갔다. 거꾸로 된 세상, 이건 정말 나의 빌어먹을 인생 중에서 내가 본 가장 멋진 일이었다. 나는 튼튼한 다리로 서 있는 생기 있는 로자 아줌마를 떠올렸다. 나는 좀 더 시간을 거슬러올라 아줌마를 아름다운 처녀로 만들었다. 그러자 눈물이 났다.

『자기 앞의 생』 131~133쪽
에밀 아자르, 용경식 옮김, 문학동네, 2003

내가 다가갈 때, 엘리베이터 문이 막 닫힙니다. 버스정류장에 도착하니 타려던 버스가 지나갑니다. 올해는 해수욕장 근처에도 못 갔다고 생각하는데 단풍이 집니다. 그런 일들이 일어날 때마다 뭐, 그런 일이 다 일어나는가 생각하죠. 속상할 일은 아니지만, 그렇다고 막상 할 일이 없어져서 다행이라고 생각할 수도 없잖아요. 엘리베이터, 버스, 여름이 아니더라도 살다 보면 방금 뭔가가 막 지나갔다는 사실을 깨달을 때가 있죠. 저 같은 경우에는 2008년 초여름이 그랬답니다. 사람들로 가득한 거리를 걷다가 문득 그런 생각이 들었어요. 피곤하다. 옛날처럼 아무 생각 없이 그냥 광화문을 걸어 다니고 싶은데. 그때는 지금보다는 더 좋았던 것 같은데. 이제 그 시절은 모두 지나간 모양이네. 옛날로 돌아갈 수는 없을까? 물론 그럴 수는 없지요. 만약 그렇게 살고 싶어서 옛날처럼 굴다가는 저능아 소리를 듣겠죠. 저능아 같은 소리지만, 서른아홉이 되기 전의 나날로 돌아가고 싶군요.

그의 말에 따르면

　그의 말에 따르면, 그 책은 그 주위 헌책방을 돌아다닌다고 한다. 그다지 유명하지 않은 작가의 초판인데, 책 자체는 별로 재미없지만 뒤표지에 빼곡히 글이 적혀 있다고 했다.

　"여러 사람이 썼는데 딱히 무엇에 대해 쓴 건 아니야. 예를 들어, '저녁 6시, 건너편 아파트 불빛이 드문드문 빛난다.' 혹은 '여름철 정오가 조금 지났을 무렵, 주택가 골목에서 풍기는 카레 냄새.' 같은 글들이 적혀 있대."

　(중략)

　"그거, 써 있는 거 말이야, 여러 사람들의 기억 아닐까?"

　"기억?"

　"가장 소중한 기억일지도 모르고, 아니면 제일 처음 기억일지도 모르지."

　"그럴 수도 있겠네."

　나도 모르게 큰 소리를 냈다. 주택가의 카레 냄새나, 배를 보이는 고양이, 사람들은 모두 자기가 가지고 있는 가장 오랜 기억을 적어놓았을지 모른다.

　"아니면, 그 사람이 가장 만족스러울 때의 기억이라든가."

　우리는 한동안 말없이 얼굴을 맞댔다.

"그거……."

내가 먼저 입을 열었다.

"보고 싶다."

남자애가 이어 말했다.

그 말을 마치고는 우리는 또 입을 다물고 각자 커피를 홀짝홀짝 마셨다. 카페는 조용했고 실내는 어둠침침했다. 테이블에는 수많은 흠집이 있고 창밖은 환했다. 거무스름한 벽 구석에 걸린 시계가 큰 소리를 내며 초침을 움직이고 있었다.

나와 이름을 모르는 그 친구는 그때 분명히 같은 생각을 하고 있었을 것이다. 만약 어느 헌책방에서 그 책을 발견해 샀다면, 어떤 책인지 모르지만 어쨌든 읽어보고 빼곡히 이런저런 기억이 쓰여 있는 뒤표지에 도달했다면, 그때 나는 무엇을 쓸까? 그런 생각 말이다.

최초의 기억, 가장 소중한 기억, 가장 만족스러울 때의 기억. 내 최초의 기억이라면, 엄마의 두 팔이다. 우리는 국철 역 대합실에 있었다. 대합실은 이 찻집처럼 어두웠는데 문 쪽은 눈이 부실 정도로 밝았다. 내 옆에 엄마가 앉아, 가끔 왼손에 쥔 손수건으로 내 이마의 땀을 닦아줬다. 그때마다 엄마의 두 팔이 시야를 가득

채웠다. 민소매에서 뻗어 나온 하얗고 가느다란 엄마의 두 팔.

그럼 가장 소중한 기억이라면……. 그런데 아무것도 떠오르지 않는다. 만족스러울 때라는 기억에 다다르자 더 오리무중이다. 그 사실에 놀랐다. 찾지 못한 것이다. 소중한 시간도, 만족스러웠던 시간도. 찾지 못했다는 것은 내 안에 그런 시간이 없었다는 얘기다.

「서랍 속」, 『이 책이 세상에 존재하는 이유』 105, 110~112쪽
가쿠타 미쓰요, 민경욱 옮김, media 2.0, 2007

그런 시간이 없었다고 너무 부끄러워하진 마세요. 이 소설을 계속 읽다 보면 이런 구절이 나오니까요. "그렇지만 아직 20년밖에 살지 않았잖아. 게다가 무지 조그맣고 하찮은 세상만 알고 살았고." 맞아요. 우린 다들 아직 얼마 살지도 않았다구요. 시간이 지나면 우리도 알게 되겠죠. 살아 있는 동안에는 우리에게 소중하고 만족스러운 시간을 결코 찾을 수 없으리라는 것을. 대신에 돌아보면 그런 시간을 찾기 위해 안간힘을 쓰던 그 모든 순간이 소중하고 만족스러운 시간이 됐다는 걸. 왜냐하면 시간이 지나면 어쨌거나 우리는 충분히 살게 될 테니까요. 그때가 되면 우리에게 남은 시간은 더 이상 없을 테니까요. 지나온 모든 시간은 저절로 소중한 시간이 될 테니까요.

어두워진 창밖에 눈발이

어두워진 창밖에 눈발이 이리저리 휘날리고 있었다.

"버팔로는 아직도 겨울인가 봐. 벌써 사월인데."

창밖을 내다보며 데이빗에게 말했다.

"여긴 미국에서도 북쪽이잖아. 그래서 겨울이 아주 길고도 길지. 한국의 추위와는 전혀 다르다고. 얼마 전에는 눈이 너무 많이 내려서 도시의 나뭇가지들이 다 부러졌다니까."

"아, 그래서 버팔로 시내에 있는 나무들이 가지가 없었군."

"그런데 여행을 얼마나 한 거지?"

"시간이 참 빨라. 며칠 전에 온 것 같은데 벌써 넉 달이나 지난 걸 보면."

"벌써 그렇게 됐어? 그래, 미국 여행은 재미있어?"

"재미있어. 아니 솔직히 요즘은 재미보다는 걱정이 많이 돼."

"무슨 걱정? 돈 문제?"

"아니 돈 문제는 아니야. 그저 내가 이렇게 긴 여행을 해도 괜찮은가 하는 걱정."

"그게 무슨 소리야? 미래에 대한 걱정인가?"

"가끔 친구들한테서 온 메일을 보면 모두들 바쁘게 살면서 자기 자리를 찾아가는 것 같아. 그런데 나만 아무 대책 없이 낯선

곳에서 헤매고 있는 것 같아서 약간 두려워. 적은 나이도 아닌데 여기서 시간을 낭비하는 게 아닌가 하고."

"생선, 넌 지금 이 시간이 낭비라고 생각해? 네 여행은 낭비가 아냐! 이건 아무나 가질 수 없는 특별한 시간이라고!"

"그럴까? 하지만 돌아가서 어떻게 해야 할지 걱정이야. 내가 이렇게 시간을 보내는 동안 다른 사람들은 나보다 높이 올라가고 있는 것 같아."

그가 새 맥주를 따서 내게 내밀었다.

"하지만 사람이 살아가면서 꼭 위로 높아지는 것만이 정답은 아닌 것 같아. 옆으로 넓어질 수도 있는 거잖아. 마치 바다처럼. 넌 지금 이 여행을 통해서 옆으로 넓어지고 있는 거야. 많은 경험을 하고, 새로운 것을 보고, 그리고 혼자서 시간을 보내니까. 너무 걱정 마. 네가 여기서 시간을 보내는 동안 다른 사람들이 너보다 높아졌다면, 넌 그들보다 더 넓어지고 있으니까."

뭔가 만들어 먹기에는 이미 늦은 시간이었고 우리는 꽤 취한 상태였다. 데이빗이 갑자기 테이블에서 일어나 싱크대로 가더니 마늘을 까서 볶기 시작했다. 집 안에 금세 향긋한 마늘 냄새가 가득했다. 그냥 가만히 앉아 있기가 뭣해 나도 데이빗 옆에서 싱크대 위에 놓인 감자를 들고 껍질을 벗기기 시작했다.

"뭐 만들 거야?"

"인도식 치킨카레."

"이 밤에? 난 지금 배부른데."

그러자 데이빗이 말했다.

"나도 배불러."

"그런데 왜 갑자기 요리를 해? 누가 먹는다고?"

"꼭 먹으려고 하는 게 아니고 뭔가 요리를 하면서 그 냄새를 맡으며 술을 마시고 싶어. 음식은 내일 아침에 먹어도 되잖아."

『너도 떠나보면 나를 알게 될 거야』 65~67쪽
김동영, 달, 2009

책을 읽거나 영화를 보다가 요리하는 장면이 나오면 저는 무조건 감동받아요. 울고 나서 뭔가를 먹어본 경험이 다들 있으신지 모르겠네요. 저는 요즘 눈물 같은 걸 잘 흘리는데, 그건 또 왜 그런지 모르겠어요. 아무 일도 없고, 저도 가만히 있는데 그냥 물 같은 게 눈에서 나옵니다. 안습이라고 하는 거죠. 언젠가 노을이 보이는 강변 벤치에 앉아서 운 적이 있습니다. 사람들이 웃고 떠들며 제 앞을 지나갔지만, 어스름 속이라 제가 우는 줄은 잘 모르더라구요. 도대체 이유를 알 수 없는, 어처구니가 없는 눈물이었습니다. 닦으면 지나가던 사람들이 눈치챌까 봐 눈물이 마르기를 기다려 근처 식당으로 들어갔어요. 아무것이나 뜨거운 것 좀. 그렇게 주문했더니 음식이 나왔습니다. 혼자서 그 음식을 다 먹고 나니까 기분이 좋아지더군요. 이따금 뜨거운 밥을 먹을 때마다 그때 생각이 납니다. 제가 밥 먹다가 숙연해지면 그 일을 떠올리는 줄 아세요.

월요일은 라미용이 일주일에 한 번 쉬는 날이었다

월요일은 라미용이 일주일에 한 번 쉬는 날이었다. 아내와 함께 그는 인심 좋게 차려주는 술집을 전전했다. '쇼프데 생주'에서 '봉쿠엥'까지, '카피탈' 카페에서 '북호텔'까지 그들이 들락날락하는 것이 보였다. 옷이 흐트러지고, 얼굴이 새빨개지고, 술 냄새를 물씬 풍기면서 그들은 '북호텔'에 눌러앉았다.

"주인장, 우리 마누라 좀 봐요!" 이발사가 소리쳤다. "완전히 취했잖소."

"내가 취했다고?" 이발사의 아내가 대꾸했다. "주인아저씨, 내가 술 취한 거 본 적 있수? 취한 건 저 얼간이지."

라미용 부부는 자주 싸웠다. 싸움에서 늘 이기는 것은 이발사였다.

어느 날 밤, 모두들 카드놀이를 하고 있는 시간에 이발사의 아내가 르쿠브뢰르 카페로 들어왔다. 공포에 질린 눈에 마치 미친 여자 같은 몰골을 하고 있었다. 그녀는 채색 유리알 브로치로 잠근 낡은 외투를 풀어헤친 후, 맞아서 멍이 든 바싹 마른 어깨를 보여주었다.

"이젠 몸에 감각조차 없어요." 그녀는 신음소리를 냈다.

별안간 그녀는 신경질적으로 웃었다. 그녀의 외투에 달린 브로치가 반짝였다. 그녀는 그것을 불빛에 비쳐보았다.

"얼마나 아름다워요, 내 다이아몬드. 내게 남은 건 이것뿐이야. 라미용도 이걸 빼앗아갈 순 없어!"

그녀는 염소 울음처럼 떨리는 목소리로 말하다가 갑자기 맴을 돌며 춤을 추었다.

"그렇죠, 나 예쁘죠?" 그녀가 말했다.

그녀는 잿빛 머리타래를 이마 위로 올리더니 고개를 뒤로 젖혔다. 그런 다음 두 손으로 가슴 위의 브로치를 꽉 잡고서는 별안간 문밖으로 뛰어나갔다.

이발사가 그 직후에 들어왔다.

"앙젤을 패줬어." 그가 만족한 듯 말했다. "정신 좀 차렸을 거야. 저녁마다 나한테 돼지고기만 먹였거든." 그는 턱수염을 어루만졌다. "주인장, 주사위놀이 한판 하겠소?"

『북호텔』 135~136쪽
외젠 다비, 유기환 옮김, 강, 2009

어른과 아이의 경계선에는 절망이 있는 것 같아요. 그 절망을 넘어서야 아이는 어른이 되는 게 아닐까요? 세속의 지혜들은 우리를 비참하게 만들죠. 강한 쪽에 붙어야만 살아남을 수 있다는 말이나 권력에 복종해야만 행복을 누릴 수 있다는 말이나. 하지만 그런 게 어른이라면 부끄럽지 않나요? 그런 세상을 물려준다면 아이들에게 미안하지 않나요? 어른이라면 강한 자들과 권력자들이 아무리 우리를 파괴해도 우리 안의 다이아몬드를 부술 수는 없다고 말해야지요. 절망을 넘어서서 우리 안에 다이아몬드가 있다는 사실을 알아야지, 어른이 되는 거지요. 정신 좀 차리지 마세요. 끝까지 예뻐지세요.

"어제 원장이 부르더라. 노력해보기는 할 테지만……"

"어제 원장이 부르더라. 노력해보기는 할 테지만 아무래도 인문계 진학까지는 밀어주기 곤란하다 카더라. 내 동기들은 다 고아원에서 나갔다. 말은 안 해도 나도 그래 나갔으만 하는 눈치더라. 그란데 나는 이래 끝내고 싶지는 않아여. 그래갖꼬 오늘 담임한테 가서 한 번만 도와달라 캤다."

"뭐라카더나?"

"수산고등학교 가라 카더라. 학비가 공짜인 대신에 군대에서 하사로 오래 근무해야 된다 카데."

"그라만 되겠네."

태식이가 원재를 골똘하게 쳐다봤다. 그 눈길에 원재의 가슴이 철렁 내려앉았다.

"나는 싫다 그랬다. 아직까지 내 꿈은 선원이 되는 게 아이라. 나도 너처럼 대학교 전산학과 가고 싶어여. 다른 형들처럼 감방이나 들락거리는 그런 인생을 살고 싶지는 않아여. 그래갖꼬 나는 일단 돈 벌어서 검정고시 치기로 했다. 너하고는 대학에서 다시 만날 수 있을 끼라. 아마 내가 먼저 가 있을 끼다. 너 선배가될 끼다."

이를 악물면서 태식이는 하모니카를 내밀었다.

"이거는 너 가져라."

"이걸 왜 날 주나?"

"내가 제일 소중하게 여기는 물건이다."

"니가 제일 소중하게 여기는 물건을 왜 나를 주나?"

"내가 지금 한 말을 먼 훗날까지 잘 지켜나갈라고 그런다. 내가 우째 될란지 지켜볼 사람은 이 세상 천지에 하나도 없응께 니가 이거 갖꼬 있다가 내가 진짜 어떤 사람이 되는가 잘 지켜보란 말이라. 나중에 대학교 전산학과에서 다시 만나만 나한테 돌려주라. 그때 다시 만나서 오늘 일 얘기하만 얼마나 좋겠나."

보랏빛 꽃잎 몇 점이 태식이의 짧은 머리칼 위에 내려앉았다. 태식이는 돌의자에서 벌떡 일어섰다. 꽃잎들이 흩어졌다.

"나가기 전에 내가 너들한테 선물 하나 하고 나갈 끼라. 너도 다시는 체력단련 끝나고 〈캔디〉 같은 노래 부르지 마라. 애꿎은 사람 눈물 흘리게 하지 말란 말이라. 매 맞는 거 참는 거는 노예들이나 하는 짓이다. 참고 참고 또 참지 말고 니가 원하는 사람이 돼라. 니가 원하는 대로 꼭 과학자 돼라. 나도 내가 원하는 대로 꼭 과학자 될 끼다. 그래갖꼬 담임한테 매 안 맞고도 훌륭한 사람 될 수 있다카는 거를 보여줘야 한다. 담임은 우리 때 얼마나 견뎠

는가 모르겠지만, 저래 선생질밖에 더 하나? 안 그렇나?"

태식이가 씽긋거리며 말했다. 원재도 마주 보며 어색하게 웃었다. 둘은 그저 미소만 짓다가 누가 먼저랄 것도 없이 껄껄거렸다. 둘의 웃음소리에 젖은 보랏빛 등잎이 눈처럼 쏟아져내렸다. 그 순간 원재는 제 안에 들어 있던 뭔가가 영영 사라졌음을 알게 됐다.

가는바람이 불어왔겠지. 등나무 잎들이 흔들렸다. 원재는 등꽃이 주렁주렁 매달렸던 자리를 올려봤다. 지난봄, 그 많았던 보랏빛들은 모두 어디로 갔을까? 얼마나 많은 보랏빛들이 저물고 나면 여름이 찾아오는 것일까? 얼마나 많은 눈물을 흘리고 나면 소년들은 어른이 될까? 제 몸이 아름다운 줄도 모르고 등꽃 그 빛들은 스러진다. 제 몸이 아름다운 줄도 모르고 소년들은 슬퍼한다. 비에도 지지 말고 바람에도 지지 말고. 눈에도, 여름 더위에도 지지 않는 튼튼한 몸으로 원재는 등나무 그늘 아래에 섰다.

「비에도 지지 말고 바람에도 지지 말고」, 『내가 아직 아이였을 때』 251~253쪽
김연수, 문학동네, 2002

마지막으로 하고 싶은 말은, 다들 지지 마시길. 비에도 지지 말고, 바람에도 지지 말고, 눈에도, 여름 더위에도 지지 않는 튼튼한 몸으로 사시길.* 다른 모든 일에는 영악해지더라도 자신에게 소중한 것들 앞에서는 한없이 순진해지시길. 지난 일 년 동안, 수많은 일들이 일어났지만 결국 우리는 여전히 우리라는 것. 나는 변해서 다시 내가 된다는 것. 비에도 지지 말고, 바람에도 지지 말자는 말은 결국 그런 뜻이라는 것. 우리는 변하고 변해서 끝내 다시 우리가 되리라는 것. 12월 31일 밤, 차가운 바람을 온몸으로 맞고 선 겨울나무가 새해 아침 온전한 겨울나무의 몸으로 다시 태어나는 것처럼. 다들 힘내세요.

* 미야자와 겐지, 「雨にも負けず」에서

날마다 글을 쓴다는 것

글쓰기에 관한 한, 나는 좀 비뚤어진 사람이랄 수 있다. 1994년 『가면을 가리키며 걷기』라는 장편소설이 작가세계 문학상에 당선되면서, 흔히 쓰는 말과는 약간 다른 의미에서 혜성과도 같이, 그러니까 눈 깜빡할 사이에 나타났다가는 그만큼 빠른 속도로 기억에서 지워질 운명이라는 것도 모르고 소설가가 됐을 때의 일이다. 그때 내 나이, 스물네 살. 그 한 해 전부터 나는 시인이었다. 한 해에 한 장르씩 등단했으니 말하자면 초고속 승진하는 재벌 3세쯤이었다고나 할까. 그리하여 어쩌다 보니 같은 시상식 자리에서 시 신인상과 소설 문학상을 동시에 수상하는 처지가 됐다.

차례로 상을 받은 뒤, '아버지가 시키는 대로만 했을 뿐이에요' 쯤에 해당할 만한 표정으로 단상에 서서 수상소감을 발표하려고 보니까 내가 책에서만 읽던 문인들이 시상식장을 가득 메우고 있었다. 그 사람들이 문인이라는 사실은 '저 놈이 무슨 말을 하는가?' 하고 노려보던 그 냉소적인 표정으로 잘 알겠는데, 내가 도

대체 왜 거기에 서 있어야만 하는지는 알 수가 없었다. 그래서 나도 모르게 "이 상은 제가 받는 게 아니라 여기 앞에 계신 선배님들이 받아야만 합니다"라고 말하는 실수를 저지르고 말았다. 그 뒤에 그 흉악한 선배들이 두고두고, 그렇다면 상금을 내놓으라고 말한 걸 여기에 꼭 밝혀야겠다.

어쨌거나 어리둥절한 표정으로 '에라, 이렇게 된 거 나도 모르겠다'는 심정으로 혀 가는 대로 말하고 나서 내려왔는데, 개중에는 축하한다고 악수를 청하는 사람들도 있더라.(문학상을 받았으면 축하받는 게 당연할 텐데, 이렇게 표현해야만 하는 이유가 궁금한 사람들도 있겠지. 바로 그 때문에 이 글을 쓰는 것이다.) 그 소설가도 그렇게 축하한다며 내게 손을 내민 사람 중 하나였다. 나는 물론 그의 소설을 읽었고, 무척이나 재미있다고 생각했다. 그런 분과 악수를 한다는 사실만으로도 나는 이미 등단한 보람은 얻은 듯한 기분이 들었다. 그런데 그런 내게 그는 평생 잊히지 못할 충격적인 말씀을 던졌다. 그를 안 만난 지는 이제 십 년도 더 넘었다. 그러니 그는 자신이 한 말을 다 잊어버렸을 것이다. 하지만 말한 사람은 그렇다고 치더라도 들은 사람이야 그걸 어떻게 잊겠는가! 꿈에서도 못 잊을 것이다.

그날, 그분이 내 손을 움켜쥐고 한 말은 이런 것이었다.

"시와 소설로 동시에 등단했다구요!"

뭐, 차례로 상 받는 거 보셨을 테니까. 나는 좀 시큰둥한 신인 작가였다. 하지만 내 반응에는 아랑곳하지 않고 그가 덧붙였다.

"천재십니다!"

고아로 태어나 세상에 버림받고 사람에게 상처받아 사막과도 같은 인생을 맨몸으로 횡단하는 사람의 귀에 들리는 무슨 하느님의 부름과도 같은 그런, 청천벽력과도 같은 목소리랄까.

그 목소리에 대한 나의 반응은?

'분명 내 소설과 시를 읽어보지 않은 게 틀림없어. 술이나 얻어 마시려고 와서는 입에 발린 말을 하는 것일 뿐이겠지. 비웃는 것일지도 몰라. 아, 어쩌다가 이런 상을 받았을까, 어쩌다가 이런 사람들 틈에서, 이 꼴로…… 어쩌구저쩌구, 궁시렁궁시렁…….'

내가 이렇게 나의 글쓰기에 대해 비뚤어진 마음을 갖게 된 건 하루 이틀의 문제가 아니었다. 그러니까 거기서부터 이야기를 시작해야만 할 것 같다.

때는 바야흐로 1980년대 초반. 내가 사는 김천에서는 해마다 가을이면 시민축제의 일환으로 매계 백일장이라는 게 매계 조위 선생의 유택이 있는 봉계 지역에서 열린다. 학교에서는 백일장이 열리기 전에 글짓기 대회를 개최해서 백일장에 참가할 학교 대표들을 선발한다. 그런데 그날은 조회 시간에 들어온 선생님이 즉흥적으로 백일장에 참가하고 싶은 사람이 있다면 손을 들라고 말했다. 그때까지 한 번도 백일장에 가본 적이 없었던 나는 조금도 망설이지 않고 서슴없이 손을 치켜들었다. 그동안 선생님들의 보수적인 문학관에 막혀 제대로 펼치지 못했던 내 실험적 문학이 드디어 빛을 발할 기회가 왔기 때문이었다고 말했으면 얼마나 좋았겠는가마는, 백일장에 나가면 하루 수업을 빼먹을 수 있다는 생각으로 나는 손을 든 것이다. 누구보다도 빨리. 왜냐하면 인생은 타이밍이니까.

그렇게 해서 나는 백일장이라는 것에 참가하게 됐다. 난생처음으로. 그리고 (앞으로 어떻게 될지는 나도 알 수 없지만 대략 예측해보자면) 내 생애 마지막으로. 그날의 글감이 무엇이었는지 아직도 내가 기억한다면 나는 진짜 천재였겠지. 글감 따위야 내 관심사가 아니었다. 백일장 참가 목적이 하루 수업을 빼먹는 것이었기 때문에 나는 빛의 속도로 글을 쓰고(그때나 지금이나 목적이 다른 데 있는 건 마찬가지여서 나는 초속필이다) 본격적으로 돌아다니면서 놀기 시작했다. 봉계의 조위 선생 유택 부근은 우리가 자주 소풍 가던 곳이기도 했다. 언덕을 오르내리며 뛰어놀 만

했다.

　한참 놀다 보니 시상이 있다고 해서 다들 한곳에 모였다. 단상에서는 낮은 상의 수상자부터 이름을 불렀다. 백일장이라는 게 학생들을 격려하는 상이다 보니 수상자가 한둘이 아니었다. 나와 같이 간 학생들도 심심찮게 호명돼 앞으로 나가는 걸 보노라니 비록 첫 참가이긴 하지만, 은근히 나도 기대되는 바가 생겼다. 차하니 차상이니를 거쳐서 장원을 부르기 시작했다. 내 이름이 나오면 표정을 어떻게 할까, 그런 고민을 심각하게 하기 시작하는데 결국 장원은 다른 학생에게 돌아갔다. 그 사실을 알고 나는 심장이 터지는 줄 알았다. 왜냐하면 이제 남은 상은 도지사가 주는 상인 대상 하나만 남았기 때문이었다.

　"대상 수상자를 발표하겠습니다!"

　단상에서 사회자가 말했다.

　"대상은⋯⋯"

　그 이름을 지금 내가 기억하면 정말이지 천재가 아닐 수 없겠지만, 어쨌든 지금까지도 내가 분명히 기억하는 사실은 그날의 대상은 절대로 내가 아니었다는 점이다.

　'하루 수업을 빼먹는다는 건 참으로 달콤한 일이다. 하지만 수업을 빼먹으면서 상까지 받을 수 있다면 더욱 달콤할 것이다. 그게 도지사 상이라면 더욱 그럴 것이다. 다음에는 열심히 갈고 닦아 반드시 대상을 타서 매년 가을이면 공식적으로 수업을 빼먹을 수 있는 그런 초등학생이 되자! 파이팅!'

그런 생각 같은 건 전혀 들지 않았다. 아무런 기대도 없었는데, 그냥 하루 수업 빼먹으려고 나간 것일 뿐이었는데, 돌아오는데 며칠 동안 그런 기분으로 밖을 쏘다닌 것처럼 기분이 더러웠다. 더러워진 기분은 자기만 당할 수 없다는 듯이 내 생각을 '나는 다른 학생들보다 글을 못 쓰나 보다'라는 쪽으로 이끌었다. 너만 더러워지면 그만 아니냐고, 내 생각은 반발했지만 그게 그렇지 않았다. 기분이 더러워지니까 생각도 꼬질해졌다. '그래, 나 같은 게 무슨 글짓기 상을 받겠어.' 꼬질꼬질한 생각들은 집으로 돌아갈 때까지 계속 이어졌다.

그리고 모든 건 다시 원래대로 돌아갔다. 백일장이 열릴 때면 반에서 먼저 글짓기를 시켰다. 글을 쓰려고 원고지를 바라보면, 칸칸이 그날의 더러워진 기분과 꼬질꼬질한 생각이 자리를 차지하고 있었다. 글을 쓰려고만 해도 기분이 더러워지고 생각이 꼬질해졌다. 어차피 상도 못 받잖아. 글쓰기는 재능이 있어야 하는데 무엇보다도 넌 재능이 없어. 일찌감치 딴 일을 찾아보는 게 어떨까? 무엇을 쓰려고 할 때마다 기분이 더러워지고 생각이 꼬질해지는 상태로 몇 년이 지나고 나니까 인생을 선용하기 위해서라도 글 같은 걸 써서 남들에게 보여주는 일을 하면 안 되겠다는 결론에 이르렀다. 게다가 나도 살아야 하니까 다른 대안을 마련했다. 내게 대안이 된 건 수학이었다. 글쓰기를 못한다면 수학을 잘한다는 뜻이 아니겠느냐고 혼자 마음대로 결론 내리고 수학에 취미를 붙인 것이다. 노력하면 실력은 늘게 돼 있다. 실력이 늘면 기분은 상쾌해지고 생각은 산뜻해진다. 어려운 문제를 하나하나 풀 때마다 더욱더 기분은 상쾌해지고 생각은 산뜻해진다. 인간은 역시 파블로프의 개인가? 점점 나는 수학을 좋아하고 국어를 싫어하게 됐다.

인간은 파블로프의 개도 되지 못한다. 파블로프의 개는 어쨌든 종이 울리면 먹는다. 종이 울린다. 개는 먹는다. 하지만 인간은 그렇지 못하다. 설사 종이 울린대도 기분이 더러워지거나 생각이 꼬질해지면 도저히 한 입도 먹을 수 없다. 우린 개가 아니지 않은가? 물론 개가 아니다. 사실은 개보다 못한 것이다, 그건. 한 심리학자가 실험을 통해 알아낸 법칙에 따르면 인간은 긍정적인 신호보다 부정적인 신호를 다섯 배는 더 강하게 받아들인다고 한다. 예컨대 '너는 못생겼어'라는 말을 한 번 들었다면, '너는 잘생겼어'

라고 다섯 번 이상 들어야만 마음이 원래의 상태로 돌아갈 수 있다는 뜻이다.

이런 부정편향성은 우리가 우수한 인종이기 때문에 생기는 것이다. 우리가 원시인이라고 치자. 친구들과 나는 며칠 굶주린 채로 황무지를 헤맨 까닭에 여차하면 서로를 잡아먹을 수도 있을 판국이다. 그런데 돌아가는 분위기를 보니까 못생기고 매사에 비관적이고 비뚤어진 내가 첫 번째 희생양이 될 가능성이 높은 눈치다. 해서 빨리 먹을 것을 찾아야만 한다. 바로 그때 정말 잘생기고 긍정적이고 낙천적이고 사랑만 받고 자란, 대략 이름이 '쫑혀기' 정도 되는 내 친구가 주변을 살펴보고 오더니 거기서 십 분 정도만 가면 사과와 파인애플과 포도 등을 풀코스로 따 먹을 수 있을 것이라고 말해서 많은 원시인들의 환호를 받는다. 그들이 앞다퉈 가서 과일을 따 먹자고 말할 때, 내가 나선다.

"뭔가 기분이 더러워지고 있어. 우리 말고도 다들 굶주렸을 텐데, 과일이 고스란히 달려 있는 나무가 있다니 이상하지 않아? 안 그래?"

하지만 누구도 내 말에는 귀를 기울이지 않는다. 내 기분은 원래 자주 더러워졌다며. 다들 쫑혀기를 따라가고 나는 원시적으로 버림받아 혼자 남는다. 그리고 얼마 지나지 않아 불길한 비명 소리를 듣는다. 쭝혀기가 찾은 과일나무 숲은 사자들의 본거지여서 누구도 감히 그 과일들을 따 먹지 못했기 때문에 그렇게 고스란히 남은 것이라는 사실이 결국 밝혀진다. 말하자면 이런 식으로 원시 시대에는 비관적인 사람이 낙관적인 사람보다 살아남을 확률이 높았다. 그러므로 우리의 기분이 자주 더러워지는 걸 이상하게 생각해서는 안 된다. 우리는 그렇게 만들어졌다. 가만히 놔두면 비뚤어진다. 노력하지 않으면 매사에 하고자 하는 의욕이 사라지게 돼 있다. 인생이 제대로만 풀렸던 인종들은 원시 시대에 다 멸종했고, 여기는 뭘 해도 제대로 풀리지 않는 인종들만 남은 곳이다. 그러니 우리는 파블로프의 개보다 못한 것이다.

우리가 원래 비관적인 정보, 부정적인 정보에 더 민감하게 태어났다는 사실을 아는 건 무척 중요하다. 부모나 선생처럼 우리의 유년 시기에 크나큰 영향을 끼치는 어떤 사람이 우리에게 가하는 부정적인 영향은, 그래서 너무나 결정적이다. 난 체벌에 무조건 반대하는 사람이다. 부정적인 영향은 긍정적인 영향의 다섯 배의 강도라는 연구 결과를 그대로 대입하자면, 잘못했다고 매를 한 대 때렸다면 다음번에 잘했을 때는 최소한 다섯 번은 잘했다고 말하며 그 학생을 안고 쓰다듬고 격려해야만 그 학생은 원래

대로 돌아갈 수 있다는 뜻이다. 그런데 한 열 대 정도 때렸다고 쳐 보자. 그럼 그 학생을 원래대로 돌려놓으려면 오십 번 정도는 스 킨십을 해야만 할 텐데, 그러다가 잘못하면 스승과 제자가 서로 사랑에 빠질 가능성도 있으니까 애당초 체벌을 하지 말자는 얘기 다.(말이 되나?)

체벌보다 더 나쁜 건 우연히 내뱉는 심한 말들이다. 체벌이야 지금 맞는다는 사실을 알기 때문에 정산하기가 쉽다. 한 대에 스 킨십 다섯 번이다. 하지만 나에 대한 부정적인 말들은 무의식적 으로 받아들이기 때문에 나중에 정산하기가 힘들다. 예컨대 담 임에게서 "너는 돌대가리야"라는 말을 들었다면, 그 학생은 "네 머리는 정말 훌륭해"라는 말을 담임에게 다섯 번 정도는 들어야 만 원래대로 돌아갈 수 있다. 스킨십도 어렵겠지만, 나쁜 말 한 번에 칭찬의 말 다섯 번을 하는 것도 쉬운 일은 아니다. 그러니까 전국의 선생님들과 부모님은 아이들에게 심한 말을 해서 약점을 잡히는 우를 범하지 않도록 평상시에 조심스럽게 말하는 게 좋 을 것이다.(협박처럼 들립니까? 협박 맞습니다.) "넌 노래 안 하는 게 좋겠다"라거나 "그림에는 소질이 하나도 없구나"라거나 "얼마 나 멍청하면 이런 문제도 틀리니?"라고 말할 때마다 아이들은 예전과 조금씩 달라진다. 그 아이들을 원래대로 돌리려면 그 다섯 배의 에너지가 필요하다. 애들을 원래대로 돌려놓을 자신이 없다면 애당초 원하지 않는 곳에 갖다놓지 않는 게 좋겠다. 혹시 실수로 그런 말이 나왔다면, 기억하시라. 다섯 번이다. "넌 노래를 정말 잘 불러." "어쩜 이렇게 색칠을 잘하니?" "이건 실수로 틀린 것이겠지." 민망해도 자기 실수니까 참고 다섯 번 그렇게 말할밖에.

설사 우리의 선생님이나 부모님께서 자신의 실수를 인정하지 않고 십대 내내 우리에게 부정적인 영향만을 반복적으로 끼쳤다고 해도 우리는 그 영향에 충분히 대처할 수 있다. 왜냐하면 그 부정적인 영향을 그대로 받아들이느냐, 아니냐는 우리가 결정할 문제이기 때문이다. 사람됨에 따라서 조금씩 다르지만, 대개 우리는 다른 사람들의 부정적인 영향에 맞서면서 점점 성장한다. 어른이 된다는 건 다른 사람들의 생각에 휘둘려 살지 않는다는 걸 뜻한다.

그 과정에서 가장 큰 도움이 되는 게 바로 사랑이다. 제대로 사랑한다면 그는 완전히 새로운 경험 속으로 들어가게 될 것이다. 그건 자신이 하는 일이라면 무조건 칭찬하는 사람과 함께 사는 경험이다. 사랑은 우리를 원래의 아이로 되돌아가게 해주는 유람

선 같은 것이다. 사랑 안에서 우리는 원래 우리가 어떤 사람이었는지 알게 된다. 제대로 사랑했다면 유년 시절의 부정적인 영향은 거의 대부분 치유된다고 생각한다. 그렇기 때문에 힘든 유년을 보낸 사람들도 사랑에 빠진 뒤에는 아이를 낳으려고 하는 게 아니겠는가.

하지만 진짜 문제는 거기에 있지 않다. 그건 자기 자신에게 있다. 체벌은 눈에 보이기 때문에 결국에는 우리에게 가장 적은 영향을 끼친다. 가까운 어른들의 부정적인 말들은 받아들이거나 거부하거나 둘 중 하나를 선택할 수 있고, 어쨌거나 나중에는 극복이 가능하다. 문제는 완전한 나의 무의식 속에 있다.

다시 1980년대 초반으로 돌아가자면, 백일장에서 아무런 소득 없이 돌아온 뒤로 나는 내게 글 쓰는 재능이 있으리라고는 단 한 번도 생각해본 일이 없었다. 여기서 중요한 건 내가 '재능'이라는 단어를 사용했다는 점이다. 상을 못 받았다는 부정적 정보가 한 번 내게 들어왔다면, 자잘한 성취(예컨대 다섯 번 정도 글을 써서 칭찬을 받는다든가)를 통해 나는 그 영향에서 벗어날 수도 있었다. 백일장에서 상을 못 받았다는 게 재능이 없다는 걸 뜻하는 건 전혀 아니다. 그건 어쩌면 내가 제출한 원고가 감쪽같이 사라졌다는 사실을 말하는 것일 수도 있고, 심사에 지친 심사위원이

반 정도 분량만 읽고는 수상자를 뽑은 것일 수도 있다. 그건 다섯 번의 긍정적인 반응을 받을 수 있었다면 벗어날 수 있는 부정적인 사건에 불과했다. 하지만 나는 그걸 소질이 없다는 뜻으로 해석했다.

그리고 나는 십대 시절 내내 글을 쓸 기회가 생기면 스스로에게 말했다. "나는 백일장에 나가서도 상 한 번 타본 적이 없었고, 내게는 글 쓰는 소질이 없고, 써봐야 시간 낭비에 불과하고……." 그건 이렇게 상상하면 된다. 자신에게 그런 말을 할 때마다 나는 나 자신을 체벌하고 있었던 셈이다. 그게 남의 말이 아니라는 이유만으로 나는 십대 시절 내내 글쓰기에 관한 한 스스로 학대하는 일을 반복했다는 걸 알지 못했던 것이다. 다섯 배의 법칙에 따라 그 시절 내가 자신에게 한 그런 부정적인 말들의 영향을 없애려면 얼마나 많은 칭찬을 들어야만 할까? 죽을 때까지 쉬지 않고 최고의 작품만을 써서 모든 사람들이 칭송해 마지않는다고 해도 나는 계속 목이 마를 것만 같다.(독자들은 오직 칭찬만 하라!) 이 모든 게 단 한 번 백일장에 나가서 빈손으로 돌아온 것 때문에 생긴 일이라고 생각하면, 백일장 심사 같은 걸 보는 건 애당초 하고 싶은 생각이 전혀 들지 않는다.

몇 번 대학에서 글쓰기를 가르치고 난 뒤에 나는 자신에게 생긴 부정적인 일들을 '재능이 없다는 의미'로 받아들이는 사람이 십대 시절의 나뿐만이 아니라는 사실을 발견하게 됐다. 소설창작 시간에 관례대로 합평이라는 걸 한 적이 있었다. 칭찬을 오천 번 정도는 받아도 원래의 밝고 창의적인 아이 때의 모습으로 돌아갈 수 있을까 말까 한 이십대 초반의 학생들이 교실에 모여서는 서로 다른 학생이 쓴 소설이 얼마나 후진지에 대해서 앞다퉈 얘기하고 있었다. 학생들은 자신이 상대방에게 던지는 말 한마디가 얼마나 폭력적인지 전혀 모르는 것 같았다. 그런 말들을 듣는 학생들마저도 자신이 어떤 공격을 받았는지 제대로 알아차리지 못하는 것 같았다.

그 학생들은 아마도 글 쓰는 게 너무나 좋아서 문예창작과에 들어갔을 것이다. 하지만 사 년 동안 그들이 듣는 이야기는 글을 얼마나 못 쓰는지에 대한 비판뿐이다. 다시 한 번 말하지만 그 상처를 치유하고 원래 입학할 때의 자신으로 돌아가려면 다섯 배의 긍정적인 영향이 필요하다. 친구나 교수에게 지속적으로 자신이 쓰는 글이 너무나 좋다는 말을 들어야만 한다. 하지만 그런 일은 거의 일어나지 않는다. 그 결과, 졸업할 무렵이 되면 그들이 쓰는 글은 정말 형편없어진다. 이런 흐름에 대한 그들 나름의 변명이 바로 '내겐 재능이 없다'는 말이다.

일단 재능이 없다는 생각이 들고 나면 더 이상 글을 쓰는 일이 지속되기 힘들다. 뭔가 새로운 글을 쓰는 일은 누구에게나 공평하게 어렵다. 더구나 그게 소설이나 시라면 더욱 어렵다. 내가 아는 한, 그 어떤 작가나 시인도 개그 프로그램을 시청하듯이 글을 쓰지는 않는다. 이 책의 어딘가에서 썼지만, 소설 쓰는 일을 그만둘까 하고 혼자 고민하던 이십대 후반에 내게 크게 위안이 됐던 건 "소설 쓴 지 삼십 년이 지났는데도 여전히 힘들다"던 박완서 선생의 말씀이었다. 거기 차이가 있다면 힘들다 하더라도 결국 쓰는 사람이 있고, 못 쓰는 사람이 있다는 점이다. 스스로 재능이 없다고 생각하는 사람은 결국 쓰지 못한다. 쓰느냐, 쓰지 못하느냐. 그 비밀은 글을 쓰려고 책상에 앉았을 때 자기 자신에게 무슨 말을 하느냐에 달려 있다.

글을 쓰려고 책상에 앉았을 때, 자기가 무슨 생각을 하는지 살펴본 적이 있는지 모르겠다. 대학에서 만난 학생 중에는 화면의 커서를 볼 때마다 재능이 고갈되어 단 한 문장도 쓸 수 없는 자신의 처지에 대해서 생각한다고 말한 사람도 있었다. 이건 이런 상황이다. 내가 너무나도 사랑하고 그의 말을 전적으로 신뢰하는 누군가가 이제 막 글을 쓰려고 책상에 앉은 내게 이렇게 말한다.

"넌 재능이 완전히 고갈됐기 때문에 단 한 문장도 쓸 수 없을 거야."

그런 말을 듣고 단 한 글자라도 쓸 수 있는 사람이 어디 있겠는가? 그 사람이 정말 나와 가까운 사람이고 그가 나를 사랑한다면, 나는 그에게 간곡하게 부탁할 것이다. 나를 사랑한다면 제발 그런 말을 하지 말라고. 그런 말을 들을 때마다 나는 나 자신이 비참해서 견딜 수가 없다고. 그런 말을 할 수 있는 건 나를 전혀 사랑하지 않을 뿐만 아니라 나를 저주하는 사람이라고. 말하자면 그 학생에게는 글을 쓰려고 할 때마다 이런 일이 일어나는 셈이다.

아무리 넘쳐나는 재능이라도 그런 말 앞에서는 고갈될 수밖에 없다. 글을 쓸 때마다 이런 일이 벌어진다면, 몇 번 정도는 괴롭더라도 글을 쓰기는 하겠지만, 결국에는 글을 쓰지 못하게 된다. 자신을 가장 사랑해야만 하는 사람, 그러니까 자기 자신에게서 듣는 저주의 말들은 실제로 실현된다. 그리하여 이제 글을 쓰지 않게 되면 거기 원래 재능이 있었는지 없었는지는 아무도 모른다. 대신에 그의 삶은 좀 비참해진다. 자기 자신도 사랑하지 않는 사람을 누가 대신해서 사랑해줄까? 그러니까 "넌 정말 괜찮은 애야!"라고 위로해도 "그렇지 않아! 난 아무짝에도 소용이 없어!"라고 반발하는 사람도 생기는 것이다. 그건 어쩌면 이십대 후반, 나는 원래 글을 쓸 수 있는 사람이 아니었다고 말하며 이젠 소설 같은 건 그만 쓰겠다고 떠들고 다니던 내 모습이기도 하겠다.

　내가 다시 소설을 써봐야겠다고 마음먹은 건 삼 년 정도 직장 생활을 한 뒤였다. 그 삼 년 동안 여러 잡지사를 다녔는데, 일이 일이다 보니까 썼다가 지웠다가 하는 것까지 포함해서 매주 최소한 100매씩은 써야만 했다. 잡지사에서 일하는 게 좋은 점은 거기에는 무슨 재능 같은 게 필요가 없다는 점이었다. 체력만 있으면, 그게 없다면 끈기라도 있으면 됐다. 목에 칼이 들어와도 마감은 하고 죽어야만 했으니까 컴퓨터 화면을 바라보고 앉아서는 내게 글 쓰는 재능이 있는지 없는지 따져볼 겨를은 없었다. 잡지사에 다니면서 나는 매일 다양한 종류의 원고를 썼다. 내 이름을 걸고 쓴 원고도 있었고, 익명이나 가명으로 쓴 원고도 있었다.

　선배 기자들 중에서는 소설 쓸 때의 나처럼 정말 쓰기 싫다고, 나는 재능이 없는 모양이라고 말하는 사람도 있었지만 나는 소설이 아니라는 이유만으로 아무런 고통 없이 글을 썼다. 주제와 형식이 제시되면 바로 썼다. 어차피 소설도 아니었으니까. 그렇게 써서 편집장에게 보여주면 편집장이 문장을 손봤다. 처음에는 내가 얼마나 글을 못 쓰는지 지적하는 것 같아서 그렇게 손본 문장을 보는 일이 괴로웠지만 편집이라는 객관적 기준이 존재한다는 걸 알고 난 뒤부터는 기술을 배우는 것이라고 생각했고, 그러자 놀랍게도 고통이 말끔히 사라졌다. 쓰고 지적받고 다시 썼다. 또 쓰고 지적받고 다시 쓰고. 몇 달이 지나자 문장과 구성은 편집이라는 기준에 따라 조금씩 좋아졌다. 그건 내가 최초로 경험한, 어제보다 오늘이 나아지는 세계였다.

어제보다 오늘 조금 더 잘할 수 있다면, 나를 둘러싼 세계는 아무런 문제가 없다. 다른 사람들도 나를 칭찬하지만, 무엇보다도 나 자신이 스스로 마음에 들게 된다. 여전히 무언가 쓰기 위해서 책상에 앉으면 힘들다는 생각이 들지만, 그런 와중에도 내가 어떤 글을 쓸 것인지 기대된다. 잘 쓸 수도 있고 못 쓸 수도 있지만, 어쨌든 글을 쓸 수는 있다. 잘 썼다면 다들 잘 썼다고 말할 것이고, 못 썼다면 편집장이 빨간 펜으로 여기저기 지적해서 돌려줄 것이다. 그때는 다시 쓰면 된다. 다시 쓰면 좀 더 좋아진다. 어제보다 오늘 좀 더 잘하는 세계 속으로 들어오면 모든 일들이 이처럼 명료해진다.

하지만 명료한 것보다 더 중요한 것은 '글을 쓰려고 할 때 이제 더 이상 자기 자신에게 뭔가 잔인한 고통의 말들을 스스로 내뱉지 않는다는 사실'이다. 더 이상 자신에게 그 말들을 하지 않고도 원하는 일을 할 수 있게 되면 그 삶은 구원에 가까울 정도로 달라진다. 우리가 원하는 삶을 살지 못하는 대부분의 이유는 다른 사람들 때문이다. 그냥 그렇게 믿어버리자. 하지만 다른 사람들이 없다고 해도 우리는 원하는 삶을 살지 못할 것이다. 우리가 우리 자신에게 잔인한 고통의 말들을 은연중 퍼붓는다면.

나는 소설로도 그런 일들이 가능한지 실험해보고 싶었다. 해서 2002년 '월드컵 전 경기를 관람하고 싶어서'라는 핑계를 대고 회사를 그만두고 전업작가가 됐다. 경제적 두려움? 많았다. 나는 이것저것 수없이 많은 일들을 해야만 했다. 산문을 쓰고 번역을 했다. 아무리 일해도 회사에 다닐 때에 비하면 수입은 너무나 적었다. 그럼에도 한번 해보고 싶었다. 그러니까 나는 매일 소설을 쓰고 싶었다. 매일 소설을 써서 어제보다 조금 더 나은 오늘의 소설가가 될 수 있는지 따져보고 싶었다. 만약 그렇게만 된다면 소설이야 대단할지 안 대단할지 알 수 없지만, 적어도 내 인생만은 괜찮아질 것 같았다. 그때부터 매일 소설만을 썼다고는 말하지 못하겠지만, 매일 뭔가 쓰기는 썼다. 물론 어떻게 쓰면 좋을까, 고민만 하다가 결국 끝나는 날이 있기는 했지만 그런 날에도 나는 고민에 대해서 썼다. 재능이 있느냐 없느냐를 고민한 일은 한 번도 없었다. 언젠가 어떤 기자와 기나긴 인터뷰를 끝내고 난 뒤에 함께 택시를 타고 이동하다가 이런 질문을 들은 적이 있었다.

"블록block, 작가에게 찾아오는 고갈 상태을 느낀 적은 없나요?"

생각해보니 글을 형편없이 쓴 적은 있었지만 그런 건 없었던 것 같았다. 그래서 없다고 대답했다.

"정말 글을 쓰기 시작해서 단 한 번도 블록이 안 찾아왔다는 말인가요?"

그 기자가 말했다.

사실이었다. 날마다 글을 쓰기로 결심한 뒤로는 형편없는 글이라도 나는 썼다. 하지만 그 형편없는 글을 발표하는 건 또 다른 문제이기 때문에 출판이 임박하면 죽자고 그 글을 고쳐야만 했지만. 형편없는 글을 쓰는 건 특정한 시기 나를 둘러싼 환경의 변화에 기인한 것이지, 그 기자가 말하는 블록은 아닌 것 같았다. 솔직히 나는 블록이라는 게 무슨 소리인지 잘 모르겠다. 재능이라는 게 뭔지 잘 몰랐듯이.

그렇게 해서 지난 팔 년 동안 나는 거의 매일 글을 썼다. 그 결과, 몇 권의 책이 출판됐다. 고등학교 시절의 나를 생각하면, 그것만 해도 정말 대단한 일이라고 말할 수 있다. 하지만 그보다 더 대단한 것은 지난 팔 년 사이에 내가 원하던 바로 그 사람이 돼갔다는 점이다. 눈치채지도 못할 만큼, 아주 서서히, 하지만 지나고 보니 너무도 분명하게. 소설가로서는 어떤지 모르겠지만, 인간으로서는 좀 더 나은 인간이 됐다. 그건 전적으로 매일의 글쓰기 덕분이라고 생각한다. 날마다 글을 쓰면서 나는 자신을 비난하는 일을 그만두고 가장 좋아하는 일에 몰두하는 일을 매일 연습한 셈이니까. 그 연습의 결과, 나에 대해, 나의 꿈에 대해, 나의 일에 대해 부정적으로만 생각하던 습관이 사라졌다. 그러자 모든 게 달라졌다. 자신을 비난하지 않고 매일 쓴다고 해서 반드시 글을 잘 쓰게 된다고는 말할 수 없지만, 더 나은 인간이 된다는 사실만은 장담할 수 있다.

글을 쓰는 동안, 우리는 자신에게 말하고, 그건 생각으로 들리고, 눈으로 읽힌다. 날마다 우리가 쓰는 글은 곧 우리가 듣는 말이며 우리가 읽는 책이며 우리가 하는 생각이다. 그렇다면 무엇을 쓰고, 무엇을 듣고, 무엇을 읽으며, 무엇을 생각할 것인가? 그걸 결정하는 사람은 우리 자신이다. 그렇다면 잔인한 고통의 말들을 쓰고, 듣고, 읽고, 생각하겠다고 결정하지 말기를. 그런 건 지금까지 우리가 들었던 부주의한 비판들과 스스로 가능성을 봉쇄한 근거 없는 두려움만으로도 충분하니까. 뭔가 선택해야만 한다면, 미래를 선택하기를. 어떤 사람이 되고 싶은지 생각해본 뒤에 그런 사람이 되기 위한 말들을 쓰고, 듣고, 읽고, 생각할 수 있기를. 그러므로 날마다 글을 쓴다는 건 자신이 원하는 바로 그 사람이 되는 길이라고 할 수 있다. 어떻게 쓰느냐에 따라 우리의 모습은 달라진다.

"넌 소질이 없어"라는 말을 듣기 전에 우리는 모두 아이들이었다. 늘 밝게 웃으며 호기심에 가득 차 재미있는 일만을 찾아다니며 다른 이들의 평가에는 아랑곳하지 않고 어떤 두려움 없이 원하는 바로 그 일을 하는 사람이 바로 아이들이다. 소질이 없다는 말을 듣기 전에 우리는 소질 같은 건 생각하지 않고 매일 좋아하는 일에만 몰두했다. 재능이란 지치지 않고 날마다 좋아하는 일에 몰두할 수 있는 능력을 뜻하는 게 아닐까? 평생 그런 재능을 발휘하고 산다면, 우리는 그를 천재라 불러야 마땅할 것이다.

그러므로 쓰라. 재능으로 쓰지 말고, 재능이 생길 때까지 쓰라. 작가로서 쓰지 말고, 작가가 되기 위해서 쓰라. 비난하고 좌절하기 위해서 쓰지 말고, 기뻐하고 만족하기 위해서 쓰라. 고통 없이, 중단 없이, 어제보다 조금 더 나아진 세계 안에서, 지금 당장, 원하는 그 사람이 되기 위해서, 그리고 원하는 삶을 살기 위해서. 날마다 쓰라.

2010년 12월
김연수